U0075287
五月什一
原作／監修
なきそ
插畫
鮫島ぬりえ
DOKUZU
Toichi Satsuki Nakiso Nurie Samejima
Kadokawa Fantastic Novels

前言

想不到樂曲「人渣」居然推出小說了。

就讀國小國中的時候，非常喜歡VOCALOID的相關小說，雖然那時還不是VOCALOID Producer，但我經常妄想如果有一天自己的樂曲也能推出小說就好了。

然後那樣的妄想這次終於變成現實，得以像這樣作為小說作品送到各位讀者的手上。

也負責ＭＶ插畫的鮫島ぬりえ老師繪製的出色插圖不用說，五月什一老師重新詮釋樂曲的世界觀，改編成小說的故事也請各位務必盡情享受。

此外，我想喜歡「人渣」這首樂曲和ＭＶ的粉絲們內心應該都有各自的一套解釋。這次的作品內容是把那些見解的其中之一，改編成相當偏激的故事。

希望各位能把本作品當成其中一種解釋來閱讀，享受其中的樂趣。

なきそ

DOKUZU

Kuzu

渣

「你又交了新女友？」

高中的午休時間。正當我一手拿著手機，邊咬炸豬排三明治邊隨手回覆訊息時，從國中時代就跟我結下孽緣的智也這麼問道。

「不是啦。智也你知道的吧。」

「霞你好像不會交特定的女友是嗎？因為小美佳那件事讓你學到教訓了。」

「沒錯沒錯。我們終歸只是所謂的好朋友。」

「就算能做的都做了也是？」

「好朋友。」

我咧嘴擺出做作的笑容，於是智也露出苦笑。

「一般會把那樣的人稱為女友不是嗎？」

「我才不管一般人怎麼說。我就是我。」

什麼一般人會怎麼說，還是這樣違反道德之類的，都不過是弱者用來束縛強者的枷鎖罷了。為什麼我非得聽從那種雜碎的主張不可？雜碎就像個雜碎一樣，手牽手感情融洽地大家一起以終點為目標就行了。雖然我敬謝不敏。

「咦？這麼說來，之前那個女生怎麼了？已經分手了？」

「之前那個女生？你在說誰啊……？如果是智也你認識的對象——」

「唉……霞，你遲早會被人捅一刀喔？」

「我才不會犯下那種失誤。」

「這可難說。」

對於他這番彷彿感到傻眼，摻雜著嘆息的忠告，我只是左耳進右耳出。

反正女方八成也跟我以外的男人有一腿吧，根本沒有只有我要受到束縛的道理。

「啊。我想應該沒這麼誇張，不過對方應該沒有男友吧？」

「天曉得？我不知道。」

「你也稍微在意一下吧……要是對方的男人又跑來怒吼：『被戴綠帽了～』你要怎麼辦啊？」

「哈，我會反殺回去的。」

我不屑地嘲笑他軟弱的擔心，智也像是在忍耐頭痛似的搖了搖頭。

「哎，算了啦。這次可別波及到我喔？」

「這話去對來找碴的傢伙說吧。」

「對散發出殺氣的人說這件事跟我無關，他們也聽不進去呢～」

智也看著遠方如此喃喃自語。這麼說來，沒多久前我才被找碴呢，記得那時智也一樣在場就被捲了進去。

「那時也是船到橋頭自然直了對吧？」

「不，要是被五個人給包圍，應該立刻溜之大吉啊。」

「才五個人不是嗎？而且都是些不成群結隊就什麼都辦不到的雜碎。打架可不是靠人數。只要迅速秒殺掉三個人，不管對方有多少人都會嚇到，還可以趁機打倒一半的人。而且那時智也你也在嘛。」

「一般在被好幾個人纏上的時候，就很不妙了啦！」

「既然這樣，你也可以自己逃跑啊。如果是你，應該能打倒一、兩個人，趁機溜掉對吧？」

「我也不能對你見死不救吧？」

「啊……是、是，是我不好。下次我會小心的。」

我將視線從一臉正經說出這樣台詞的智也身上移開。他還是一樣，在奇怪的地方莫名地是個好人。

「這麼說來，智也你不交個女友嗎？差不多要暑假嘍？沒有女友會很無聊吧？」

「嗯……我就算了吧。畢竟還要準備考大學。」

「啥？考試什麼的，只要平常有上課，翻一下參考書就沒什麼問題了吧。」

「霞，那樣就沒問題的人只有你。不要拿你這種明明考前都不會特別念書，卻經常學年第一的人當標準。」

智也像是在勸告似的把手放到我的肩膀上，但這傢伙的成績應該也維持在學年前幾名才對。

「你的成績也不差吧？」

「我是用功讀書才有這種成績喔。」

「是哦。是這樣嗎？」

「就是這樣。」

我有自覺自己是偏離常人的那方，最重要的是既然智也這麼說，應該就是這樣吧。話雖如此，但智也跟我不同，對戀愛這件事很晚熟。都高中三年級了，卻至今連一個女友都沒有。可想見要是就這樣放著他不管，他會一直交不到女友。

——好。我來替他介紹吧。

既然要準備考大學的智也沒有時間尋找女友，那由我來代替他尋找，介紹給他認識就行了。所幸我認識的女人還不少。而且有個女友，應該也能讓他適度地放鬆一下。畢竟大家都說要考大學會累積不少壓力嘛。

「智也，你喜歡怎樣的女人啊？」

「不，所以說我——」

「只是聊聊喜歡的類型，沒什麼關係吧？我只是有一點感興趣啦。畢竟從來沒聽過你的緋聞嘛。」

「嗯……啊，像是喜歡上的女生就是我的菜這樣？」

「那什麼啊，根本沒有回答到喔。」

居然給出這種像是標準答案一樣的回答。

「就算你這麼說～但這是事實啊。」

「應該還有其他可以說的吧？像是喜歡什麼長相，或是哪種個性之類的。」

「嗯～我沒怎麼想過這些耶。」

「那麼，例如那傢伙你覺得怎麼樣？從左邊數來第三個那個。」

我隨便挑了一個連名字都不記得的女生。外表還行，個性就不知道了。

「呃～我覺得怎麼樣啊？」

真……真是優柔寡斷耶。

沒辦法，就靠我幫他想想吧。

智也很晚熟，不太會主張自己的意見，也很少積極行動，不是那種很有異性緣的類型。

說好聽點是適應力強，說難聽點就是缺乏自主性。

即使突然被捲進打架裡，也能若無其事地行動，但是反過來說，他不會主動去改變現況。

所以他不是那種會帶領女人前進的類型吧。真要說的話，他是那種必須有人拉著他前進的類型。

也就是說，要找那種大多事情都能靠自己決定、自己處理，但想要有精神上的支柱之類的……啊。這樣不行啊。我不認識那樣的女人呢。哎，畢竟不是我喜歡的類型，我會無計可施也很正常就是了。應該說那樣的女人很少見吧。

不妙啊。這下更鞏固了智也一輩子處男的傳說。

「那傢伙呢？」

「坂田同學不是有男友嗎？」

「那邊的咧？」

「宮前同學？嗯～雖然有說過話，但像我這樣的人應該不是她喜歡的類型吧。真要說的話，那種在運動社團非常活躍的人比較適合她吧。」

「那這邊的怎麼樣？」

「她是誰啊？以前沒見過，是其他年級的嗎？……啊，記得是管樂社的人。我好像在文化祭上看過她演奏。呃，我記得是叫做──」

「我說啊。你認不認識對方根本不重要啦。我是在問你喜不喜歡她們的長相。」

我伸手拍掉在桌上爬行，感覺有些礙眼的蜘蛛，並只用視線追逐著跳走的蜘蛛。

這時忽然跟一個女人四目交接。那傢伙顯露出有一點驚訝的表情後，綻放微笑。

坦白說，這是常見的反應。

只不過有一點不同的是，從她的表情感受不到像是在諂媚的神色。

對了。就挑這傢伙如何？

「智也，那傢伙怎麼樣？」

「那傢伙，是在說百目鬼同學？」

這麼說來，她是叫這個名字啊。

因為我跟她沒有交集，即使在同一班，也對她沒什麼印象，但她似乎意外地受歡迎。忘了是什麼時候，不過我知道有一群男的曾經討論過關於她的話題。

百目鬼雲母。

雖然她好像不是沒有朋友，真要說的話，算是那種會在教室角落默默看書的類型。有人說她明明很有氣質，卻又感覺有些色情，不過從我的角度來看，她只是個感覺很陰沉的女人罷了。如果想要追求性感魅力，不如去找大學生之類的當對象，要好太多了。

「我覺得別碰她比較好。」

「啥？」

我大吃一驚。說是對什麼感到驚訝，就是智也用強烈的語調明確表示拒絕這件事。

智也經常會在自己跟別人之間築起一道高牆，那高牆單薄到除非很了解智也才會發現，可是又確實存在。但他很少會明確地表示拒絕，搞不好這是頭一遭。這讓我對雲母稍微產生了一點興趣。

「啊，不，你想想嘛。百目鬼同學好像很受歡迎。我實在高攀不起，對吧？再說要是遭到其他想追百目鬼同學的男生嫉妒，也很麻煩嘛。」

「哈，你居然會在意那種事情啊。你那樣一輩子都交不到女友喔。」

「是那樣嗎～」

「就是那樣。」

彷彿要掩飾失言一般的藉口。

哎，也會有這種情況吧。智也並非什麼聖人君子，也會有一、兩個不擅長應付的人吧。

噢，這麼一說，我想起來了。

忘了是什麼時候，我曾目睹雲母在自言自語。那模樣讓人感覺有些詭異。說不定智也曾遭遇過類似的場面。

手機震動起來。

「嘖，這邊也不行嗎？」

「怎麼了嗎？」

「今天好像大家都有事情，我約不到人而已。智也你呢？」

「啊～抱歉。我今天不太方便。」

「沒差，沒差啦。啊～要準備晚餐好麻煩啊。」

「今天也是？」

「是啊～」

這是跟我從以前就認識的智也才知道的事情，就是我父母的夫妻關係出現了裂痕。我爸在外面有女人，我媽也在外面有男人。所以基本上我都是一個人在家。

雖然常有人誤會，但這件事本身我不覺得有什麼。老實說我只覺得夫妻就是這麼回事吧。反正也沒有對我造成麻煩，隨他們高興就好。我甚至沒有為此煩惱過。

反倒該說不管我在哪裡做什麼都不會有人干涉，對我來說正方便。縱然他們只是對我不感興趣，那也是彼此彼此。

比起這種事，如何打發空閒的時間反倒是更嚴重的煩惱。

打工？因為我爸是資產家，我不缺錢花。特地用那種沒效率的方法準備無處可用的錢有什麼意義啊。如果這麼說的話，有些傢伙會莫名其妙地跑來找碴，說我是靠爸族，利用我能用的資源，有哪裡不對嗎？無法理解他們的邏輯。

也考慮過加入社團，但反正沒有人能跟上我的程度。並不是我切割他們，而是那些傢伙自己這麼說的。既然這樣，我也無可奈何吧。話雖如此，我也沒義務特地放水配合其他人。應該說要是那麼做的話，很快就會厭倦。實際上我也真的感到厭倦，而退出了社團。

結果嘗試各種事情後，最終找到的答案是玩女人打發時間，果然有其父必有其子。

只不過傷腦筋的是，老實說我也開始厭倦玩女人了。
畢竟追女人對我來說很容易。
客觀來看，我擁有遺傳自父母的出色容貌與強大能力。也曾反覆劈腿或腳踏兩條船來享受緊張感過，但這種刺激也很容易厭倦。
好像會無聊到死啊。
——有沒有什麼有趣的事情呢？

＊＊＊

大學二年級的後期課程開始後，過了一個月。
我今天也在常光顧的吸菸區吐出菸霧。捻熄變短的菸頭，丟到菸灰缸裡。
抽菸喝酒加上玩女人。都覺得自己朝著人渣的道路勇往直前，但我並不後悔。
我身上本就流著濃厚的人渣血統，早就沒救了吧。
雖然知道這麼說都是藉口，但我今天也照樣找女人玩樂，不打算自我反省。
當然，我只會找方便利用的女人當對象，不會交特定的女友，因為很麻煩。我在這方面的立場從高中時期就一直沒變。
「啊？」

離開吸菸區後過了一陣子，忽然有個女人映入我的眼簾。記得好像在哪見過她。

在大學校區內？不，不對。是其他更不一樣的地方。是更早之前……對了，想起來了，她是我高中時期的同學。記得兩年前，也就是我高三的時候，我們應該是同班同學。那之後過了兩年，雖然記得不是很清楚，但她是否變得稍微會打扮了點呢？哎，都上大學過了一年以上的話，無論是誰多少都會變漂亮吧。這麼說來，她叫什麼名字啊？……不行啊，我想不起來。

要是智也在這裡就會告訴我了吧，不巧的是他今天跟我分開行動。

我稍微思考起來。因為今天沒約到任何人，行程空了出來。這時出現一個高中時代的同學，雖然連她是個怎樣的傢伙都想不起來，不過試著向她搭話也是一種樂趣吧。應該至少可以打發一下時間。說不定對方不記得我，但那樣倒也無所謂。

「嗨，好久不見啦。」

我叫住沒有發現我，準備離開現場的女人。

「咦？」

驚訝、困惑，她瞠大的雙眼立刻瞇細，左右游移。照這樣來看，她似乎不記得我。

「妳不記得我嗎？我們曾經是高中同學。」

「葛城霞同學。」

「對。怎麼，原來妳記得啊。因為看妳好像很驚訝的樣子，還以為妳忘了我。」

她的聲音比想像中更加冷靜。既然這樣，她只是因為突然被搭話，不知該如何應對而已嗎？

「我想應該沒有幾個人能夠忘記葛城同學喔。」

「是嗎？」

「是的，因為葛城同學是個很有存在感的人。」

我好像很有存在感。第一次聽到這樣的感想，雖然怎樣都無所謂。

話說回來，有一件事很傷腦筋。

就是我完全想不起來這傢伙叫什麼名字。

原本樂觀地以為聊一下就會想起來，但記憶完全沒有復甦。

是因為我們沒什麼交集嗎？

真沒辦法。這種事情拖得愈久，之後會變成愈麻煩的問題。不如趕緊直接問她還好一點。

「不好意思，我想不起來妳叫什麼名字。雖然我記得妳的長相啦。」

「我叫雲母，百目鬼雲母。」

她看來有一點無奈似的笑了笑，這麼報上名號。

「噢，對，是雲母。我一直覺得妳的姓氏很罕見。」

儘管是有些假惺惺的感想，但並非謊言。

我的確對她的名字有印象。不過完全想不起來她是個怎樣的人。既然會像這樣一直想不起來，就表示她是跟我沒什麼關聯的同班同學嗎？

「是這樣子嗎？」

「就是這樣啊。雲母，妳今天有空嗎？去喝一杯吧。」

「跟我？」

這是當然的吧。被我邀約讓她這麼意外，甚至特地這麼反問嗎？乍看之下，她看起來也不像是非常不受歡迎的樣子……至少她的長相還端正到我會想向她搭話。

「不然還有誰啊？」

「就我們兩人？」

在提防我嗎？……不，感覺不是那樣呢。真要說的話，好像是感到困惑的樣子……這傢伙到底怎麼回事啊。這反應很少見。

「也可以約其他人一起來喔。」

我也不是打算要把她追到手。如果只是多幾個人，我完全無所謂。

「不…………好的，沒問題喔。」

雲母稍微擺出在思考的模樣，結果還是點頭答應了。

我帶雲母前往的地方是飄散著時尚氛圍的酒吧。避開了大學生常光顧的那種吵鬧的

居酒屋，因為我今天想要安靜地喝一杯。一方面也是因為以前看到這間酒吧後，就一直想造訪一次看看。

對於帶幾乎算是第一次碰面，而且關係沒有多親近的舊識前來，我知道這裡給人的隱私感有些過於強烈。她可能會覺得我太過露骨地表現出之後的意圖，不敢領教也說不定。但就算是那樣也無所謂。反正只是打發時間。

「妳常來這種地方嗎？」

「沒有，我是第一次來。」

說是這麼說，雲母卻十分鎮定。感覺好假。哎，但不管她是否常來都沒差就是了。

「葛城同學經常來訪嗎？」

「哎，姑且算是吧……妳要點什麼？」

「……你有推薦的嗎？」

跟我並排而坐的雲母這麼問道。她還真熟練啊。點妳愛喝的啊。

「像是柑橘類和莓果類，還有咖啡吧。妳想喝哪一種？」

「嗯……那就麻煩你點杯柑橘類的。」

「好喔。」

就點泡泡雞尾酒……不，還是點China Blue好了。至於我嘛，哎，畢竟是第一杯，就點琴通寧吧。

我們一邊用送上來的雞尾酒滋潤嘴唇，同時有一搭沒一搭地聊著無關緊要的話題。感覺不壞。

「哦……雲母妳是心理學系啊。感覺有點意思。」

「你有興趣嗎？」

「出乎妳意料嗎？」

「有一點。」

「哈哈。說是這麼說，但真的只是有興趣而已啦，沒有到想專攻的程度。雲母妳為什麼會選擇心理學系啊？」

「沒什麼大不了的理由喔，只是我有考上的就是心理學系而已。雖然這麼說很難為情。」

「哎，不過大多都是這樣吧？擁有明確的目標來選擇科系的人比較少吧。」

「記得葛城同學好像是經營系？」

「對。考慮到將來，選了個最保險的……嗯？妳怎麼會知道啊？」

「我聽阿久戶同學說的。」

「聽智也說的？」

出現了讓人意外的名字。不，也沒有到很意外嗎？

別看智也那樣，他還挺勤於社交的。縱然只是從同一間高中進入同一所大學就讀這

種沒有多深的緣分，他跟對方建立友誼也沒什麼不可思議的。

「妳跟智也感情很好嗎？」

雖然我覺得不可能，姑且還是先問一下。

萬一她跟智也是那種關係，我就必須思考一下對待她的方式。我可不想跟那傢伙起爭執。雲母也不是我不惜那麼做也想追到手的對象。

「算好嗎？就是偶爾遇見時，會稍微聊一下而已。」

「這樣啊。」

她沒有特別捏造，很自然地編織出來的話語中，感受不到謊言和隱瞞。

但我也不是那種擅長看穿女人謊言的人，所以不曉得真相到底如何。

我進行了最起碼的確認——光是這樣就足夠了。我認為在意這些也沒用，放棄胡亂臆測。

我放下空掉的玻璃杯，思考起來。

琴通寧、琴蕾、馬丁尼——雖然還有點喝不過癮，但我已經把首次光顧一間店時，一定會點的雞尾酒都喝過一輪了。話雖如此，也不到要換間店的程度。

……今天就喝到這邊好了。

最後我點了一杯XYZ。

這段時光出乎意料地還不壞。我還挺享受的，也有打發到時間。

「欸克斯歪力？這酒的名字真奇怪呢。」

「這是『沒有比這更好的東西、至高無上』的意思。妳想想，沒有字母排在ＸＹＺ的後面對吧？」

「原來如此，是至高無上的雞尾酒啊。」

實際上有各種說法，但詳情根本無關緊要。

「妳要喝喝看嗎？」

「……說得也是呢。那就喝一點。」

我又點了一杯ＸＹＺ。送上來的是外觀也十分美麗的白濁雞尾酒。雲母暫時望著玻璃杯，然後喝了一口。我茫然地注視著她白皙纖細的喉嚨起伏的模樣。

「怎麼樣？」

「很好喝。」

ＸＹＺ的酸味與甜味十分均衡，容易入口，因此廣受大眾歡迎。

只不過必須留意的是這種酒跟順口的程度相反，酒精濃度偏高。因為大多會選它當那天的最後一杯酒來喝，所以必須考慮到喝的時候已有醉意。像我也是感覺到自己有一丁點醉。

我斜眼瞄了一下雲母，窺探她的模樣，只見她白皙的臉頰泛紅，嘴角微微放鬆，雙眼朦朧。

她的酒量似乎不是很好，肯定喝醉了吧。

輕輕呼氣的嘴唇莫名地妖豔，我不禁用雙眼追逐起來。雲母察覺到我這樣的視線了嗎？她濕潤熾熱的眼眸捕捉到我的身影。

——雖然我本來沒這個打算的。

今晚原本空白的行程補上了計畫。

我在雲母離席的時候結完帳，等她回來。

「不好意思，還讓你請客。」

「別放在心上。畢竟是我突然約妳的嘛。」

「……謝謝你。」

我們兩人一起走在霓虹燈閃爍著神祕光芒的夜晚街道上，牽起有時會搖搖晃晃的雲母的手。

「很危險喔，妳喝醉了吧。」

「我沒事喔。」

「哈，妳騙人。」

我握住她的手稍微使力，將雲母纖瘦的身體擁入懷中。

「霞……同學……？」

我們四目交接。我沒有回應她輕聲低喃的呼喚，就這樣輕輕奪走她的雙唇。

她並沒有推開我。

＊＊＊

我將菸深深吸入肺部，接著一口氣吐了出來。我俯視一旁，只見裹著被單的雲母睡得正熟。

「好拐到讓人嚇一跳啊。」

根本用不著欲擒故縱之類的，簡單到甚至讓人覺得沒意思。不禁想懷疑她真的跟我同年嗎？就連我還是高中生的時候，都有更多更棘手的對象。

姑且不論一般人怎麼想，對我而言，所謂的戀愛是一種遊戲。有適度挑戰性的難易度是最剛好的。過於簡單的遊戲只不過是一種作業，狩獵新手可不是我的興趣。就這層意義來說，雲母是個無聊的對象。

「痛……嘖！」

被她抓的背後疼痛起來，暫時很難找其他女人玩了。

哎，也有人不在意這些，所以要說無所謂也是無所謂，但我也不是那種對疼痛感到開心的人，因此只單純感到不快而已。

「真是的，至少剪一下指甲吧。」

喜歡做美甲之類的我覺得是個人自由。但如果是那樣，希望她至少控制一下自己不要亂抓人。要是辦不到，就乖乖剪指甲啊。

我摻雜著嘆息吐出菸霧，發現雲母稍微扭動了身體。

「嗯……霞同學？」

雲母茫然地用沒有聚焦的眼眸仰望我，她的雙眼緩緩地慢慢睜大起來。

「咦……？咦咦！」

在雙眼睜到最大的時候，她從床上跳了起來。

「咦！為什麼？」

「啥？」

這傢伙在說什麼……啊，她是那種喝醉就會失憶的人嗎？應該說她居然醉成那樣嗎？居然跟男人單獨喝醉到那種地步，她到底在想什麼啊……說不定她其實什麼都沒在想，畢竟她那麼好拐。因為她還能做最基本的應答，所以我根本沒留意過那種可能性。

「妳什麼都不記得了嗎？」

「咦？…………………啊。」

她原本有些蒼白的臉色轉眼間面紅耳赤起來。因為最近的對象都是些有一定經驗的女人，她這麼純情的反應反倒讓我覺得新鮮。

「妳想起來了嗎？」

「啊，那個……！」

雲母像是察覺到什麼一般，慌忙地抓起被單遮住身體。

雖然我多少也覺得現在才遮沒啥意義，但這是挺常見的反應，所以一定就是這麼回事吧。相反地也有人絲毫不在意，總覺得我以前好像也會感到害羞……不，我沒那種記憶啊，感到害羞的大概是對方吧。

回想起過去，感覺有些溫馨地看著雲母，於是她似乎總算冷靜下來，並露出意味深長的笑容。

「早安，霞同學。」

「喔，早。」

雲母就這樣抓著被單匆忙地跑去沖澡，趁著等候她的這段時間，迅速整理好裝扮。

我沒打算再打一炮。

我一邊吞雲吐霧，同時仔細思考著不著邊際的事情。

綜合來說，雲母也不差，如果是偶爾玩玩還行吧。我也覺得如果是想要靜靜喝酒的時候，試著約她或許也不錯。

但反過來說，她只是這樣的存在而已。

這就是我對雲母的評價。

「霞同學。」

不知不覺間雲母似乎已經洗好澡了。我將香菸捻熄在菸灰缸裡，只向她說了聲：「走吧。」便辦理退房。我們在早晨的鬧區裡走著，沒有特別聊天。

「你今天有課嗎？」

「對。」

抵達車站的時候。聽到雲母這麼問，我隨口回應。

我今天在大學也有課。但要先回家一趟的話，時間有點微妙。我並不是想蹺課，可是總覺得麻煩又懶惰，就是這種常有的感覺。

「那麼，晚點見。」

「嗯？喔。拜啦。」

不懂「晚點見」這句話的涵義，但這時我並沒有多在意地跟她道別了。

在當天中午時我理解了那句話的意思。那是我在大學餐廳跟智也一起吃著炸豬排飯時發生的事。

震動的手機顯示出一則訊息。

『你現在人在哪呢？』

寄件人是雲母。雖然不知道她為什麼要問這個，但也沒有什麼要隱瞞的理由，我老實地回答，然後把這件事當成話題。

「智也，你記得百目鬼雲母嗎？跟我們同一所高中的女生。」

「當然記得啊，三年級的時候跟我們同班對吧。」

不愧是智也。連回想一下都不用，立刻這麼回答了。

「那傢伙也上了我們這間大學耶，你知道這件事嗎？」

「嗯，應該說霞你果然沒有注意到啊？」

「沒注意到不感興趣的對象很正常吧，反倒該說是智也你在意太多小事了啦。」

「或許是那樣也說不定，但我覺得是霞太漠不關心了。但你怎麼突然提到這個？」

「昨天遇見她，讓我回想起來，然後我們去喝了點酒。」

「咦？啊，啊……嗯。」

智也瞬間大吃一驚，但他立刻感到理解似的點了點頭。他這樣的態度出乎我的意料。

我不在意他感到理解這件事，這是常有的狀況。他應該是大概推測到我們喝酒之後發生了什麼事吧。智也的推測恐怕大致上沒有錯。

讓我感到意外的是在那之前，他大吃一驚這點。倘若是平常，他不會有這種反應。即便對方是智也認識的人也一樣。他只會回我：「你又來嘍？」這種已經習以為常的反應而已。

雖然我覺得不太可能……但該不會智也本來想追雲母嗎？

我感覺有些尷尬，尋找其他話題。

「啊……」

「喔，說曹操，曹操就到。」

智也的視線前方就是雲母。她似乎先回家了一趟，她的打扮跟早上道別時不同。

「午安，我可以跟你們一起坐嗎？」

「當然可以。」

「好啊。」

我跟智也同意她同桌用餐後，雲母立刻到我身旁的座位坐了下來。她手上拿的是疑似在便利商店買的三明治。

「我平常會自己準備便當，但今天早上，那個……」

注意到我視線的雲母講著這些像是藉口的理由，並對我投以意味深長的眼神。

我才不在乎妳要吃什麼咧。

更讓我感到煩躁的是智也投來有點傻眼的關懷視線，所以妳別擺出那種煞有其事的態度啦。

不過照這種感覺來看，智也似乎沒有要追雲母的樣子。

就算是智也，如果是自己打算追的女人，應該會表現出更帶刺的反應，或是貫徹毫無反應的態度。至少不會露出關懷的眼神吧。

我在內心鬆了口氣，這是絕對不能讓智也看到的一面——不，等等。智也是個異常擅長隱瞞真心話，強顏歡笑的傢伙。還不曉得事實如何。

「霞？」

「沒什麼啦～」

我本想設法探聽出他的真心話，但還是作罷了。哎，真是那樣就到時再說吧。現在才想這些也無濟於事。

「你們兩位總是一起吃飯嗎？」

雲母如此問道。是看到我跟智也只用視線交談，而有什麼想法嗎？因為我正想轉移焦點，所以順著她的話題接話，於是一瞬間的緊張感立刻煙消雲散。

「沒有總是一起啦。」

「只有彼此都有空的時候吧。」

「是這樣嗎？因為感覺兩位給人總是待在一起的印象。」

「啊哈哈。哎，不過沒像高中時那樣常待在一起啦。」

這是當然的。畢竟彼此的交友圈都拓展得更寬了，再說我們也有選修不同課程。不可能經常一起行動。

雲母詢問，智也回答，我隨口應聲。我們持續這種沒有內容的對話。

不過雲母還真愛提起像在探聽情報的話題啊。像是選修的課程、社團和打工。總覺得她昨天好像也是這樣。哎，不過面對很久沒見面的點頭之交，或許也只能聊些類似報

告近況的話題吧。

「唔喔，時間差不多快到了。」

考慮到要在上課前抽根菸的時間，我起身準備離開。有人拉了拉我的袖子，拉的人當然是雲母。

「啊～不好意思，我今天有事。」

「那個……呃，你今天……」

「這樣啊。」

她鬆開依依不捨似的握住我袖子的拳頭。

「那麼，改天見。」

「好，改天見。」

我歸還托盤之後，前往吸菸區。點燃香菸，緩緩地深深吸了口氣。

煩死了。

我眺望著吐出的菸隨風飄逝的模樣，同時這麼心想。

真希望她別那樣想要一一掌握我的行程。被女友這樣緊迫盯人都嫌煩了，更何況被只打算當工具人利用的女人問得這麼細，更覺得煩人。

「這麼說來，智也好像說過啊。」

高中時曾聊過的對話在腦海中復甦。記得好像是「我覺得別碰她比較好」嗎？事到如今我才回想起來。原來如此，這的確很麻煩。

只不過另一方面，我也發現自己出乎意料地並不打算甩掉她。

該怎麼說呢，感覺有點新鮮。或許是因為最近找的對象都是些方便當炮友，經驗豐富的女人。

畢竟我也沒有跟特定的某人在交往，暫時陪她玩玩也無妨吧。她應該過一陣子就會滿足了。

我抱持這種輕鬆的心態，決定跟雲母玩玩。

＊＊＊

怎麼會變成這樣啊。

剛邁入十一月的第一個假日，雲母找我去她住的公寓。

她好像是要親手做料理招待我，我一邊眺望穿著圍裙裝扮，手腳俐落地忙個不停的雲母，一邊被迫在旁等待料理完成。

事情的開端是接連幾天可以說只要彼此都在大學裡，即使有一丁點時間，雲母就會想跟我相處，一直跑來糾纏我，我對這樣的她感到厭煩的時候。

發生了地獄般的事件——她在大庭廣眾下把疑似親手做的便當交給我。而且她毫不

掩飾自己緊張的模樣，委婉地表示：「假如你不嫌棄——」像這樣博取周遭人的同情，真的是讓人受不了。

又不是初戀的國中生情侶。饒了我吧。

縱然不是這樣，烹飪過程不明的手作料理也讓我有點陰影。要是被送過裡面摻了指甲或頭髮之類的巧克力，無論是誰都會不敢再吃陌生人的手作料理吧。雖然不曉得是戀愛魔法還是什麼的，那已經算是一種恐怖攻擊了吧。真希望可以制定禁送魔法巧克力的法規。

即便如此，在那種要是拒絕，會澈底被當成壞人的氛圍中，我出於無奈地收下了便當。

至少別搞得這麼沉重吧。

這時我的心情盪到谷底，還差一點就要發飆了，但出乎意料的是雲母的手作便當十分美味。

別看我這樣，我算是會煮菜的人。因為我經常在家一個人度過，所以自然學會了下廚，甚至還比一般人擅長料理。但雲母的料理好吃到就連這樣的我都不得不甘拜下風。

也因此單純的我很快就轉怒為喜，難得沒有考慮到後果，老實地稱讚了她的手藝。

我不小心說出這樣的話：「如果是剛煮好的一定更好吃吧，真想吃一次看看。」

糟了——我如此心想時，已經後悔莫及了。

那麼，要吃吃看嗎？——被她這樣邀約，我根本無從拒絕。

然後現在就是她邀我到家裡，要親手做料理招待我的場面。

到女人家借住對我來說是家常便飯，沒什麼稀奇的。但從大白天就做這種像是在家約會的行為，是多久以前的事了呢？總覺得我一直被雲母打亂步調。

「那個，有哪裡讓你覺得不合口味嗎？」

因為在想這些事情嗎？我似乎在不知不覺間皺起了眉頭。把最後一道菜端上桌的雲母一臉不安似的窺探我的模樣。

「怎麼會呢，看來超好吃的。可以吃了嗎？」

「請……請用。」

雙手因緊張而顫抖起來的雲母連連點了好幾次頭。

「我開動了…………嗯，好吃。」

雲母鬆了一口氣，因為安心而放鬆下來。明明用不著那麼緊張吧。她那麼沒有自信嗎？哎，但即使是跟她沒什麼交情的我來看，也覺得雲母好像不是那種充滿自信的人就是了。

雲母瞇細雙眼凝視著我，絲毫沒有要開動的樣子。

「呃，妳這樣盯著我看，會讓我難以下嚥耶……」

「啊……抱歉。因為看你吃得津津有味的樣子。」

「畢竟真的很好吃嘛。」

該怎麼說呢，她的調味很合我的胃口。吻合到我都想問她是在哪邊得知我的喜好。當然應該是巧合吧。

「妳果然是那種因為一個人住而學會料理的人嗎？還是出於興趣？」

「應該說都有嗎？原本是因為有需要才學的，但現在說不定更接近興趣。」

「畢竟有句話說喜歡才會進步得快嘛。」

我也因為有需要而下廚，但沒有發展成興趣。這種差距如實地呈現出來。哎，雖然我的廚藝經常比那些主張興趣是做料理的女人好，因為那些女人只是想表現自己賢妻良母的一面，所以算是例外。

「你剛剛在想其他女人的事情對吧？」

我不禁感到毛骨悚然。不會吧，這傢伙的直覺到底多敏銳啊。

「沒什麼關係喔。因為我又沒有在生氣。」

這是在生氣的人才會說出的台詞。這番話差點從喉嚨裡冒出來，但在千鈞一髮之際停住。

「畢竟霞同學好像很有異性緣嘛。你應該也吃過除了我以外的女性親手做的料理吧？」

只聽她說出來的話語，會覺得這番台詞像是在鬧彆扭。但只要看到她怒瞪人的眼神，就知道實際情況沒那麼簡單。

「然後呢，怎麼樣？跟那個人相比，我的料理如何？」

「雲母做的比較好吃喔。」

「在你至今吃過的當中排第幾？反正應該不只一兩人對吧？」

「……雲母是最棒的。」

這什麼情況啊。怎麼會變成這樣？

「呵呵，對不起。這樣好像變成是我逼你這麼說的呢。」

看來我似乎勉強度過危機。雲母的氛圍變得柔和，我放鬆了下來。

「這並不是謊言或敷衍。我是真的這麼想，才這麼說的。」

「謝謝你。」

是因為像這樣感到安心的緣故嗎？

「……真令人意外啊。」

多餘的喃喃自語不小心脫口而出了。

「我看起來像是不會做菜嗎？」

「不，不是說那個。是妳會介意自己是不是第一這件事。」

我這麼想很正常吧。

終究都是過去的事情了。我現在稱讚的是雲母親手做的料理，且正在大快朵頤，照

理說這樣就行了。至少我從來沒在意過對方以前曾跟誰用什麼方式在交往。

我說出這些話，於是雲母移開視線，摻雜著嘆息如此低喃：

「唉……霞同學出乎意料地不懂女人心。」

「女人心？」

「欸，霞同學。從你的角度來看，我是怎樣的女人？是溫和、含蓄且溫柔──」

她對自己的評價還真高啊。真搞不懂她到底是對自己有自信還是沒自信。

「缺乏戀愛經驗，聽話又容易使喚，好拐的女人？」

「…………沒那回事啦。」

雖說只有一部分，但被她說中內心想法的我支支吾吾，雲母對這樣的我低喃：

「霞同學知道我今天為什麼會邀請你過來嗎？」

不知不覺間，雲母的臉上浮現出濃濃的女人味。我不禁打了個冷顫。

我想起來了。

這麼說來，那一天──跟雲母重逢，兩人一起去喝酒的那天。我會對雲母出手，決定對她出手的契機。記得那時也是像這樣被雲母妖豔的性感魅力勾起了性趣。

「我啊，不想在霞同學的內心輸給任何人。」

瞇細雙眼的雲母彷彿在耳語般，比平常還要低沉的聲音搔癢著我的耳朵。

「我絕對不能接受被拿去跟其他女生比較，而且你還認為對方比較好。」

她實際上並非在我耳邊耳語。雲母所在的位置沒有改變，我們依舊是隔著桌子面對面坐著。明明如此，不知為何我卻困在彷彿被綑綁起來的錯覺裡。我無法將視線從雲母身上移開。

「我想當你的第一。」

彷彿嘲笑又像是挑釁一般，稍微揚起嘴角的淺笑。

那雙昏暗的眼眸宛如會被吸進去的古井，但在井底掉落著微微發亮的東西。

「好嗎？」

雲母朝我露出微笑。那美麗的笑容不知為何讓我感受到一種宛如岩漿般的熾熱。

「還是說你討厭倔強的女人？」

「……不會。有一點任性比較好啊。」

總算擠出了這一句話。

我被震撼住了。沒錯。我一定是被雲母震撼住了。

真沒面子。上次犯下這樣的失態是什麼時候的事了？上次說不定是高中時被比我年長的女人強迫見識到何謂「女人」的時候了。

但是……對，但是啊，就是要這樣才對嘛。簡單的遊戲太無聊了。

心臟猛然跳動起來。看來我總算稍微對雲母感興趣了啊。

＊＊＊

飲酒社團每星期都會舉辦飲酒會日。即使是大約會有一名醉到不省人事的笨蛋倒在地板上的慘狀，也還有人生龍活虎。姑且不論他們的神智是否清醒。

我也不討厭這種喧囂。照理說是這樣。但今天總覺得沒辦法忍受，於是我獨自前往遠離喧鬧中心的吸菸區。

舒適宜人的秋天與準備邁向冬季的寒意摻雜在一起，在這種很有十一月風格的夜風中，我吞雲吐霧地想著。

要不要開溜呢？

要照顧醉倒的蠢蛋們實在太麻煩了，我可不幹。因為我本身不曾醉倒過，就更忍不住覺得為什麼我得做這種事。

哎，不過實際上我會隨便找個人推給他善後，所以很少輪到我去照顧別人就是了。但今天大家灌酒的步調莫名地快，不怕一萬，只怕萬一。

我想安靜地再喝一杯。滑著手機想看有誰可以約時，引起我注意的是雲母的名字。

那之後我跟雲母玩了幾次，她意外地是個方便的女人。異常愛探聽情報的狀況也減少了，而且不管幾點找她都會過來。

啊，乾脆到雲母家喝酒好了？喝完直接過夜也行。儘管不曉得她在想什麼，我甚至拿到了備份鑰匙。她今天也不會拒絕我吧。

雲母是一個人生活。雖然我完全不曉得任何內情，但都上大學了，這也不是多罕見的事。實際上我也算是一個人生活。

最後一次看到父母的臉，是什麼時候的事呢？他們兩人似乎都泡在外遇對象那裡。不過我最近也常借住雲母家，沒資格說什麼，說到底我也不打算講什麼就是了。

「喔，好像很好吃。」

就在我輸入要傳給雲母的訊息時，正好收到了她傳來的訊息。今天似乎是日本料理。她還附上了照片。是因為我稱讚了雲母的手作料理嗎？那之後她經常傳送這一類的訊息給我。

「啊，霞！原來你在這～！」

能借住她家的話，她應該也會幫我準備明天的早餐吧——正當我一邊如此盤算，一邊準備回覆的時候有人向我搭話，因此我轉過頭去。

「是小春啊，有什麼事嗎？」

參加飲酒會的其中一個女人抱住我拿著手機的那隻手。這樣我沒辦法使用手機。

「霞～你會去續攤嗎？」

「我才不去。」

「我想也是～！畢竟你今天看來好像很無聊的樣子嘛。」

我秒答之後，不知是覺得哪裡有趣，小春哈哈大笑，同時拉了拉我的手臂。

「既然這樣，要不要我們兩人一起開溜？」

她用甚至讓人覺得熟練的撒嬌眼神這麼邀約我。至於是約我上哪去，不用我特地明講吧。

……這麼說來，最近都沒跟小春玩啊。

「那等我抽完菸就走吧。妳幫忙把我的東西拿過來吧。」

「ＯＫ～！」

我低頭看向手機。對雲母那則「我隨時都可以做給你吃」的訊息，回覆「我要照顧喝醉的人，晚點再聊」這種大謊言，近乎強制結束了對話。

「不妙！我男友好像要過來！」

原本靠在我肩膀上滑著手機的小春一躍而起，這麼說道。

「真假。」

現在沒空詢問詳情了。我迅速穿上衣服，打開房間的窗戶。

「他馬上就要過來了嗎？」

「不曉得。」

「了解。那拜拜啦。」

看來沒時間收拾房間了。我只回收了最起碼不能被抓包的東西，立刻逃離現場。原本就為了能夠隨時開溜，沒有把房間弄得很亂。之後看運氣了。我豁達地想著反正穿幫就穿幫，漫步前行。這是常有的事，所以我很習慣了。

「話說有男友應該先講一聲吧。」

早點知道的話就不會約她家，而是去旅館了。就算我這麼咒罵也為時已晚。只有先在腦內備忘錄記下「小春有男友」這件事。雖然好像用不到。

我看向時鐘，只見正好是末班電車要開走的時候。具體來說這時刻到中途應該還有車可以搭，但會來不及轉車，沒辦法抵達家裡。話雖如此，以距離來說，也不到要叫計程車的地步。

「早知道會這樣，去雲母家就好了……」

提不起勁的飲酒會、走錯一步就會變戰場的局面，再加上沒車可以搭回家，總覺得今天狀況實在很差。

「霞同學……？」

在我不意外地沒趕上要轉乘的末班車，慢吞吞地走路時，有個耳熟的聲音這麼呼喚我。

「雲母？這麼晚了，妳怎麼還在外面？」

畢竟曾就讀同一所高中，我家跟雲母家算是比較近。就這層意義來說，在這一帶跟雲母巧遇並非什麼奇怪的事情。

「因為影印機沒墨水。」

她微微舉起了檔案夾。那是大學要提出的報告還是什麼嗎？她好像是到便利商店列印資料。

「喝醉的同學人還好嗎？」

「……喔，還好啦。」

這麼說來，我對雲母撒了那樣的謊啊。一瞬間心想她在說些什麼。

走近我身邊的雲母稍微蹙起了眉頭。可能是我遲疑了一下的態度很不妙。這傢伙的直覺敏銳程度堪稱異常。

「該不會有臭味？」

「咦？」

「因為他吐得滿厲害的……雖然我想應該是沒沾到啦。」

這麼說來，剛才也沒空沖澡。話說已經過了一小時以上，但按照經驗來看，女人比男人對氣味更敏感，而且說不定有什麼會讓她察覺到的細節。

然而我也算是挺習慣這種狀況的老手了。我也知道這種時候只要擺出累到不行的模樣，彷彿打從心底感到疲憊似的這麼問，對方就不會再追究下去了。

「不，不會。你並沒有發出臭味喔。」

看吧。

「這樣啊。那真是太好了。妳只是出來列印東西?那我們走吧。我送妳回家。」

「不，不用費心喔。畢竟距離也沒多遠。」

「妳以為現在都幾點啦？」

我輕輕戳了一下雲母的頭，然後牽起她的手，於是她跟了上來，並沒有揮開我的手。她微微露出笑容，看來很高興的樣子。這女人還是一樣好拐啊。

「你要進來坐坐嗎？」

地點是雲母居住的公寓的一個房間。我在房門前被雲母這麼邀約了。

「我看你好像很累，而且你明天第一堂就有課對吧。就算你爬不起來，我也會幫忙叫你起床喔？」

老實說，我完全沒考慮到要假護送之名，行上床之實這檔事。畢竟我剛剛才抱過其他女人。那方面的欲望變得稀薄無比。

但我感到疲憊這點也是真的。回過神時，我已經點頭答應了。

「欸，霞同學。我們下次一起出門好嗎？」

跟她借用浴室沖完澡，在房間放鬆休息的時候。我們並肩坐在床上，將身體稍微靠在我身上的雲母開口邀我去約會。

「……你覺得怎麼樣呢？如果你不方便，也不用勉強啦。」

在我因為酒精與疲勞感而變遲鈍的腦袋在咀嚼那番話的意思時，感到不安的雲母這麼詢問。

「喔……那麼，就去吧。」

「好的。然後那個，我有個想去的地方。不知道霞同學是否去過呢？」

雲母原本緊繃的表情放鬆下來，她傾斜手機，以便讓我們兩人一起窺探畫面。

喔，是這裡啊。

那是非常老套的約會景點。我去過好幾次，雖然每次都跟不同的女人去。

「你去過啊。」

我似乎不小心表現在臉上，瞬間被她給看穿了。我看向雲母那邊，只見她用像惡作劇般的視線仰望著我。

「跟前女友？」

該怎麼回答才是正確答案呢？我遲遲想不到倘若是平常，應該能立刻推論出來的答案。看到這樣的我，不知是想到什麼，只見雲母笑了起來。

「啊哈哈。沒關係的喔。畢竟這裡是著名的約會景點嘛。像霞同學這麼有異性緣的人，要是說你沒去過，我才會嚇一跳。」

聽她這麼一說，確實是這樣沒錯。根本沒有隱瞞的必要。

「還是別去了？」

「咦？為什麼？」

雲母露出打從心底感到不可思議的純粹表情，疑惑地歪了歪頭。

原本以為她這種類型應該會討厭去有其他女人影子的地方。

「我說過對吧。我不想在霞同學的心中輸給任何人。」

舔了舔嘴唇的雲母浮現出彷彿在挑釁的笑容，在我耳邊悄悄地低喃：

「你跟其他女生的回憶，全部都由我來覆蓋過去。」

＊＊＊

雲母異常地適合托腮眺望窗外的動作。

我忽然浮現出這樣的想法。

該說看似慵懶或憂鬱呢？總之她散發出那種厭世的氛圍。她的眼眸彷彿看著不屬於這裡的某一處般空洞，就連從這個觀景台俯瞰的街景，一定都沒有映入她的眼簾吧。

實在很難想像她是那個央求我說想去約會的人。

「雲母……喂，雲母！」

「啊……對不起，不小心發呆了起來。」

雲母驚訝地眨了眨幾次眼睛，這麼找藉口帶過。

「莫非妳其實不敢待在高的地方嗎？」

曾聽說有懼高症的人從高處看向下方，會覺得要昏倒一樣。原本以為雲母可能也是那樣的人，不過——

「如果是那樣，我就不會說我想要來觀景台了。」

她笑著這麼回應。有道理。

既然這樣，那大概是有什麼煩惱，或身體不舒服嗎？本想這樣瞎猜，但隨即打消了念頭。又不是小鬼。有什麼問題的話，雲母會主動告訴我吧。

「看到這個景色，霞同學有什麼感想嗎？」

我並肩站在雲母身旁，俯瞰街景。我並沒有什麼深刻的感觸。只有看到眼前所見的東西，認為街景就是街景，當中沒有任何感慨。

「雖然很老套……大概是『人就跟垃圾一樣』嗎？」

我不知該如何回答而看向雲母，只見她也面向這邊露出苦笑。

「像這樣眺望遼闊的城市，看著延伸到遠方的景色時，總會有一種自己在世界上好像是孤單一人的感覺。」

「…………是這麼回事嗎？」

完全無法理解雲母所說的話。根本無法產生共鳴。

我一直認為人本來就是孤獨的生物。

縱然暫時待在同一個空間，也不可能理解彼此的一切，只會在不遠的將來踏上各自的道路而已。所以我認為在分道揚鑣前要怎麼相處下去很重要。

事到如今也不會覺得好像被迫重新面對這個事實。

所以只要記得雲母有這種感受就行了。

「是的，就是這麼回事。」

雲母這麼說，再次眺望窗外。

跟剛才不同的側臉。啊，原來如此，我懂了。那就是寂寥感嗎？不巧的是那種感情跟我無緣，倘若是現在，我也能明白自己為何無法立刻理解了。

「那麼，妳想一個人獨處的時候，都會以高處為目標嗎？」

雲母轉過頭來。她的雙眼驚訝得瞠大，眼眸因驚愕而動搖。只見淚水緩緩地滲出，她濕潤的雙眼映照著我的身影。這種壓根沒想像過的反應讓我著急起來。

「你記得……？」

她喃喃自語的聲音實在太過微弱，我沒辦法全部聽清楚。

雲母從我的表情中領悟到什麼了嗎？她左右搖了搖頭，下個瞬間已經恢復成平常的

表情。

「沒事。不過，說得也是呢。或許是那樣……我們差不多該走了。」

我們離開觀景台到樓下。樓下並排著幾個商業設施，或許時節也有影響，人潮十分擁擠。萬一走散，光是要會合都得耗費一番工夫吧。我牢牢地握住雲母的手。

「接著要做什麼呢？」

「妳有什麼想逛的地方嗎？」

「想逛的地方？」

「這裡有各種商店，而且應該還有水族館和星象館之類的。」

「你真清楚呢。那些也是跟其他女生去過的地方？」

「算是吧。」

我坦率地回答將不悅藏在戲謔中的雲母，於是她很明顯地更加不悅了。

「妳早就知道了吧？還是說雖然已經太遲，瞞著妳的話會比較好嗎？」

「不，不用那麼麻煩。」

雲母大大地跨出一步，我也跟著邁步與她並肩，只見剛才那種露骨的不悅好像是演技一般。雲母露出了笑容。

「水族館和星象館都等下次再說吧。你會帶我去的對吧？」

「好喔。」

不然我還能怎麼回答？我聳了聳肩，於是雲母的笑容更深了，然後她感到迷惘似的將指尖貼在臉頰上。

「嗯……但我也沒有特別想要什麼東西呢。」

「那我們就隨意逛逛吧？」

我們兩人依序眺望著商店，看到感興趣的店家就順路逛一下。就在我們重複這樣的行動時——

「你覺得哪件比較好呢？」

拿了兩件衣服的雲母對我拋出這個經典的問題。

「我覺得如果是妳穿，不管哪件都很好看。」

「我希望你幫我挑選喔。」

「啊……」

我裝出有點猶豫的樣子，然後指向其中一件。

「如果要問我的喜好，我選這件。」

「呵呵。那就這件吧，我去結帳一下。」

目送雲母前往櫃台，在等候的期間，我打開店內地圖，準備尋找吸菸區的時候——

「霞？」

有個耳熟的聲音這麼呼喚我，我轉過頭看。

「……美佳。」

就某種意義來說，她對我而言是為數不多的前女友之一。會讓我想起令人懷念又苦澀的經驗。

自從分手以後，美佳一直刻意避開我。大學也不同校，根本沒想到會在這種地方突然遇到。我不禁想咒罵怎麼會有這種巧合。

「你還是沒變呢。」

她的表情很清楚地浮現出厭惡。說到底，為什麼這傢伙會來向我搭話啊？

「妳倒是變漂亮了啊。」

我像以前那樣開玩笑地回應，於是她的厭惡更露骨了。

「你真的一點都沒變。你還是一樣到處騙女生上床對吧。」

正因為在這種地方遇到，要找藉口開脫是不可能的。這也不是一個大男人會獨自前來的場所。哎，雖然我根本沒必要找藉口啦。

「妳說話還是一樣難聽呢。」

我發出咯咯的笑聲，可以看出美佳感到煩躁。接著只要她能順勢折返回頭就行了。

事到如今，我跟美佳的關係也不可能改變。不小心在這邊相遇也能當成是小小的不幸。

「讓你久等了……霞同學？」

所以老實說，只有現在我不希望雲母這麼快回來。

雲母察覺到危險的氛圍嗎？像在觀察情況似的將視線看向我。

「妳該不會是……百目鬼同學？」

拉起雲母的手離開現場吧。就在我決定這麼做的時候，美佳呼喚了雲母的名字。

「咦……？啊。小野寺同學？」

看來她們兩人似乎認識。但這種距離感……大概是交情沒有多深厚的同班同學吧。這種距離感讓我很熟悉。

「好久不見了。」

「唔，嗯。好久不見。」

兩人互相打招呼。總之原本緊張的氛圍被尷尬的氣氛給蓋過了。不至於引發騷動這點讓我鬆了口氣。

美佳眼尖地發現我暗自鬆了口氣的模樣，用銳利的視線看向我。

「百目鬼同學。我勸妳別碰這傢伙比較好喔。因為他是個很誇張的人渣。」

她會特地忠告沒什麼交情的同班同學，是因為對我抱持敵意，還是因為好心呢？既然是美佳，一定是兩者都有吧。

雲母伸手勾住了我的手臂。

我不禁轉過頭看。

只見雲母筆直地注視著美佳。她絕非在瞪視，只是注視著她。她的嘴角微微地浮現

出笑容。

無論由誰來看，都能看出來明顯是在挑釁。可以清楚感受到美佳全身僵硬起來。她用緊繃的表情面向這邊。視線關注在我跟雲母勾起來的手臂上。

雲母微微點頭致意，然後拉著我的手離開現場。我沒有反抗，跟著前進。

我們默默地走了一陣子。雲母悄聲低喃：

「對不起。」

「為什麼？」

這是為了什麼事情在謝罪呢？我不明白。

「因為我絕對不想輸給用那種眼神看霞同學的人。」

這沒有回答到我的問題。是我的問法不好嗎？或者她明白我的意思，卻還是這麼回答了呢？我甚至不曉得究竟是前者還後者。

而且老實說，這時的我也不明白雲母的執著。

理論上我可以理解。但在感情上的部分，我一定無法共感雲母為何這麼不想輸給對方，拘泥於想當第一這件事吧。

「欸，霞同學。我想去你家看看。」

「來我家？」

「嗯，不行嗎？」

雲母家我已經去過好幾次。但我從未找雲母來我家過。這點其他女人也是一樣。所以她的要求讓我感到猶豫。

「我會幫霞同學實現任何你想做的事情。我會比那個女生讓你感覺更舒服，比那個女生嬌喘得更大聲。所以說，好嗎？」

她露出挑釁且充滿攻擊性的笑容。明明如此，但我不知何故，卻幻視到了雲母受不安與焦躁感支配的身影。

忽然覺得自己好像醒悟了。

——怎麼，就這樣啊。

＊＊＊

「妳怎麼了嗎？」

時間來到十二月上旬。這天雲母的樣子有點奇怪。

平常近乎糾纏不休地看向我的視線一直望向地板或地面，對話和反應也都慢半拍。

雲母現在似乎也沒發現自己一直低著頭，她猛然驚覺似的抬起頭來。然後視線又移向外面。到了這種地步，即使是我也會察覺。

「妳身體不舒服嗎？還是有什麼掛心的事情？」

老實說我覺得很麻煩，但聽她發一下牢騷倒也無妨。至少我們有這種程度的關係。如果這樣她還是什麼都不回答，就別管她了吧。我這麼決定後，過了一段時間。雲母有些猶豫地開口說：

「……那個，霞同學，你昨天……做了些什麼？」

「啊？我？」

她也沒必要勉強自己聊些沒用的廢話吧。

「我昨天去了飲酒會啊。」

「昨天我參加的社團也有飲酒會。」

我這麼回應：「有什麼問題嗎？」於是雲母低喃著：「果然……」

「是喔，然後咧？」

「然後，在回家的路上……」

她吞吞吐吐起來。如果是那麼難以啟齒的事情，不說也沒差啊。她是跟其他男人上床了嗎？假如是那樣，她特地跟我報告，我也不知道該做什麼反應才好。

「我看到了。」

「看到了？」

忽然有種不祥的預感。

「看到霞同學跟不認識的女生上旅館的瞬間。」

……原來如此啊。我昨天的確跟綾子上床了。

我不記得自己有犯下什麼失誤，但還是有所謂的巧合。尤其是社團的飲酒會經常挑在大學附近的鬧區舉辦，剛好在同一條街上這件事本身沒什麼不可思議的。畢竟不同社團在同一間店舉辦飲酒會也是常有的事。

那該怎麼蒙混過去呢？

儘管以這種模式穿幫的狀況很少發生，但反過來說就是偶爾也會發生。

當時天色很暗，要堅持是她看錯了嗎？但萬一她有照片，事情會變得更加麻煩。

再說這種情況大多是對方早就懷疑我劈腿，為了蒐集證據尾隨我的結果。這是偷吃有男友的女人時常碰到的事，雖然大多時候，只要在對方男友勃然大怒地跑來揍我時反過來擊敗他就能解決事情，但對象是雲母的話，也沒辦法那麼做吧。

乾脆豁出去了嗎？

她終究只是個方便利用的女人罷了。既然不方便利用了，把她切割掉就行。我沒義務被她綁住，如果她要離開那也沒辦法。我找不到執著於雲母的必要性和理由。

正當我打算先試探一下她確信到什麼程度時，感到一陣毛骨悚然。

她的雙眼黯淡無光。她本來就是個有著昏暗眼神的女人，但我得知以往那種程度不過是個開始。露出現在這種眼神的傢伙可不曉得會做出什麼事。

「霞同學？」

她的聲音沒有抑揚頓挫。看起來像是有影子在蠢動。

……呼。冷靜點。那是錯覺。現在愈是慌張，就會愈難辯解。總之必須先圓滿解決這種狀況。

「喔，昨天啊。我的確去了旅館。」

雲母的眉毛抽動了一下。好可怕……好可怕？怎麼可能。我居然會感到害怕……？

「咳哼。如果妳看到了，我想妳應該知道……」

我用彷彿想說「這傢伙到底在氣什麼啊？」一般的氣勢，擺出疑惑的表情。

「你劈——」

「那傢伙醉醺醺的對吧？」

然後我配合雲母開口的瞬間，繼續替自己辯解。

「假如她看起來像勾著我的手臂，是因為她爛醉如泥了。她可是重得不得了喔。」

我裝出打從心底感到疲憊的模樣，搖了搖頭。

「因為她在抵達房間前就吐出來了，就算她男友來接她，在衣服洗好前，也沒辦法回家。」

被折騰了一番啊——我刻意嘆氣給她看，然後用哀怨的視線看向雲母。

「還是說怎樣？我看起來像是飢渴到會撲倒爛醉如泥的女人嗎？」

「怎麼會！沒那回事，但……」

「既然這樣，就表示我說得沒錯啦……哎，但我帶女人去了旅館這點是事實，對方看起來也可能像是緊黏著我不放，不過那只是她幾乎沒辦法自己走路，才靠在我身上而已。讓妳誤會了，真抱歉啊。」

我一本正經地道歉給她看，於是雲母那種令人毛骨悚然的氛圍在不知不覺間煙消雲散了。

真是個蠢女人，完全上了我的當。

「……我才該道歉，對不起，懷疑了你。」

「別放在心上。畢竟乍看之下，會產生那種誤解確實也不奇怪吧。」

我輕輕揮了揮手，表示這個話題到此為止。

「那個，可是——」

「嗯？」

「如果可以，那個……我希望你不要再跟女生去旅館了。」

「就算妳這麼說，但連計程車都拒載的話，也沒其他地方可以照料爛醉的人吧。也不能給店家造成麻煩嘛。」

隨便答應反倒會引人懷疑。畢竟在表面上我並沒有做任何虧心事。要是在這邊表示以後不會這麼做了，搞不好會變成讓她重新思考的契機，覺得自己的懷疑果然沒有錯。

「說得也是呢……」

感覺她只是姑且可以接受，但這樣就足夠了。

她果然很好拐啊。本性善良的話，這種騙法十分有效，可以輕鬆打發掉真不錯。

之後為了保險起見，提醒其他人配合我的說詞，暫時就能敷衍過去了吧。

「霞，你的手機在響喔。」

「我知道啦。」

我帶智也來到大學附近的蕎麥麵店。拿起在桌上震動的手機，螢幕上不意外地顯示出雲母的名字。為了儘量壓抑住聲響，我將手機扔到座墊上。

「沒關係嗎？」

「沒關係啦。」

劈腿穿幫未遂事件造成的影響意外地還沒消退。

我當然也不認為用那種隨口胡扯的謊言就能解決所有事情，不留下任何疙瘩地恢復成原本的關係。

那終究只是權宜之計。只不過是為了避免在那時因為情緒化而爆發激烈口角的急救措施。

今後有必要慢慢拉開距離，摸索出彼此都能夠接受的距離感。如果她無法接受，最後決定離開我的話，就表示我們緣盡於此而已。

因為我們原本的距離感實在太近了，才會發生那種問題。如果彼此都是隨時可以切割的對象，有看不順眼的地方時就會選擇離開對方了，不會特地耗費時間與力氣試圖改變對方。

明明如此，雲母卻還是打算執著於我。

像是希望我跟女生去喝酒時告訴她一聲，或是儘量避免與女生兩人獨處。

真想跟她說，妳到底哪來的權利可以這樣束縛我。

當然我不會這麼說。要是說出口，我跟雲母的緣分就會斷了吧。這件事本身我並不在乎，現在甚至是我非常歡迎的狀況。但要是那麼做，會引爆激烈的糾紛。那樣會非常麻煩。

「嘖！」

我不禁咂嘴，於是智也露出苦笑。

「怎樣啦？」

「沒事。」

他彷彿看透一切的笑容激怒了我。但自知那是我在遷怒。我大口地深呼吸，吐出煩躁的情緒，刻意擠出了笑容。

「智也，你聖誕節要怎麼過？」

「你這麼問我也很難回答耶，姑且是有計劃啦。」

「你會去參加什麼聖誕派對嗎？」

「可以這麼說吧。啊，姑且先說一聲，那是跟你完全沒有關係的聚會喔。」

我打算先跟其他人約好來閃躲雲母的企圖似乎很明顯。我不禁露出了苦瓜臉。

「我才想問霞你要怎麼過咧。」

「你是覺得事不關己吧。」

「實際上是不關我的事啊。」

我不認為智也會插手干涉我跟雲母的事情。應該說他要是插手我也很傷腦筋。可是壓根沒想到他居然會堵住我的退路。原本以為無論好壞，他都會擺出事不關己的態度。

「真麻煩耶……」

「對那個麻煩的女生出手的人是你吧？」

我可是好好地忠告過你嘍——他的笑容彷彿可以讓我聽見這樣的副聲道。

「乾脆地甩掉她不就好了嗎？」

「要是那麼做，她會爆炸吧。」

照這樣下去，雲母八成會邀我在聖誕節約會吧。約會本身是無妨。問題在於她會試圖順勢找回原本的距離感。要是變成那樣，她對我的束縛肯定會比現在更加強烈。然後我無法接受那種狀況。我當然會反彈。結果我們的關係會以更誇張嚴重的形式破裂吧。

「她能不能趕緊對我幻滅還什麼的，然後離開我啊。」

「嗯～你這番發言實在差勁透頂喔。」

就算我好幾次突然爽約，她也還沒有拋棄我。豈止如此，她甚至還會相信我隨便胡扯的藉口。

到了現在，就連她那種順從的態度都讓我感到厭惡。

＊＊＊

「你不會以為對別人的女人出手，還能全身而退吧！」

「啥？我哪知道啊。」

明明是平安夜，我卻在夜晚的小巷子裡被人找碴。

我用冰冷的視線看向抓住我的衣領，這麼恐嚇我的雜碎。

「你說什麼！」

哈！魄力根本不夠啦，這個雜碎。

「話說你放開我啦。」

「──開什麼玩笑！」

我抓住雜碎的手腕，打算捏碎他的骨頭，於是他皺起眉頭，撲上前來揍我。

是很典型的電話拳（註：指出招動作很大，像是在通知對手接下來要展開攻擊一樣的拳

頭。因出招時的姿勢像在打電話而得名），完全透露出他根本不習慣跟人打架。

因為我也沒義務讓他打中，趁閃躲時揍了他肚子一拳。

「嗚嘔！」

他發出難聽的哀號。這個雜碎。鍛鍊腹肌的方式太嫩了，內臟才會受到衝擊啦。

「真遜耶～你就是這樣，女人才會跑掉啦。」

「你這傢伙……嗚！」

蠢蛋。要是有空按住肚子，不如趕快拉開距離啊。

我毫不留情地痛扁他窩囊的面孔，讓他躺平後再一腳踹開。

用力踢向蹲在地上的雜碎。沒有放鬆追擊的攻勢。

我瘋狂猛踢，然後將他踩在地上。

雜碎倒在地面上，變得只會發出呻吟，我在他面前彎下腰，點燃了香菸。

「呼……然後咧？你誰？」

我真的不認識他，突然就被找碴。

哎，不過大概是跟我睡過的女人的男友吧。

「嗚嗚……」

「嘖！」

做得太過火了嗎……？不，按照經驗來看，要是半吊子地放水，之後更容易引來麻煩。

「喂。」

「唔！」

我抓住他的頭髮，強硬地讓他抬起頭來。

「回答我啊。」

「我是小春的……男友……」

「啊？小春？」

啊……雖然我忘得一乾二淨了，這麼說來，她好像發生過劈腿穿幫的危機啊。那之後我們也睡過幾次，是在哪個環節穿幫了嗎？

說是這麼說，但我最近也聯絡不上她呢。

「這麼說來，那傢伙最近怎麼樣啊？」

「是你包養了她吧！」

「啊？怎麼可能有那種事啊。她最近都沒來社團，大家都在傳她是不是交到了男友喔。」

哎，但我本來就知道她有男友，只是隨口附和一下別人的話題罷了。

「應該說你是怎樣啊。你身為男友卻聯絡不上她嗎？哈，遜爆了。」

「你這傢伙——唔！」

我將他抬起來的頭摔向地面。然後把腳踩在咬到舌頭發出呻吟的雜碎背上。

「然後咧？你為什麼會跑來找我碴？」

「所以說是你——」

「聰明點好嗎，真麻煩耶。你聽誰說我是小春的劈腿對象？」

「這……是跟你還有小春同個社團的那些傢伙告訴我的。」

「是喔。」

實在太符合原本的預測，我一點都不吃驚。大概是跟小春一起開溜的時候被發現的吧。

「哎，算啦。那拜拜啦。別再來找我麻煩了。」

最後我又踹了他一腳，然後把他丟在原地。

我深深吸了口菸，接著吐出來。

常有這種雜碎自稱是我睡過的女人的男友，跑來找我麻煩。有時還會結夥來找碴。相比之下，今天算是比較好的狀況了。

「話說回來，小春嗎……那傢伙現在在做什麼啊？」

最近我常常聯絡不上那些炮友。

像是小春、綾子和鈴，此外還有幾個人。

原本以為她們只是交到男友就拋棄我，但看來小春似乎並非如此。

「不，她說不定是交了新男友？」
所以才拋棄那個雜碎男友同學，還有我跟社團嗎？
雖然覺得這樣好像拋棄太多東西了，但也不無可能。
就算這樣，還是希望她至少能好好地處理一下前男友啊。
「算啦，怎樣都沒差吧。」
女人這種東西要是變少，只要再補貨就行了。
唉～要是雲母也能這樣離開我就好了。愈是希望離開的傢伙，愈會賴著不走啊。
「嘖。害我想起討厭的回憶。」

＊＊＊

「欸，霞同學。為什麼你前天沒有過來呢？」
聖誕節隔天。我久違地造訪雲母家。應該說我也很久沒見到雲母了。
其實我很想隨便找個藉口糊弄，跟她保持距離，但她說有重要的事情要講，我便前來赴約了。
猜想得到她要說的事情。恐怕是要提分手吧。
總算到了這個時候啊。

可能的話，最理想的結果是這段感情自然消散。
不過已經夠了。我不會奢求那麼多。都這種時候了，就算變得有點複雜也無所謂。
也因此我前往雲母家的腳步十分輕快。
「我說過了吧。因為工作上的事情有點糾紛。」
哈哈，什麼工作啊。我自己都覺得這藉口也太隨便了。
這當然是不折不扣的謊言。
實際上我是參加了名為聖誕派對的聯誼，跟別的女人卿卿我我。
我根本不覺得她會相信。反倒應該說我確信她八成不會相信，才用了這種藉口。
「那是騙人的對吧？」
「天曉得？要判斷真偽的人不是我。」
時候到了啊。
假如雲母可以用更輕鬆的態度對待我，我們應該能維持還不錯的關係吧。
但那對她而言似乎是辦不到的事。既然這樣，就只能斷絕這段關係了。這下我就不用受到雲母束縛，她也不用為了我的言行費神。這就是目前對彼此而言最有利的選擇。
「你為什麼要像這樣一直撒謊呢？」
「我都說不是謊言了吧。」
彷彿平行線。這些對話毫無意義。只是在浪費時間而已。

看雲母是要在表面上接受我隨口胡扯的謊言選擇讓步，或是讓這段關係宣告破裂。只能二選一。

到目前為止一直是前者。但這次會怎麼樣呢？

無論會變成哪種結果，關係破裂都只是遲早的問題。

「為什麼？」

「什麼為什麼？」

只見雲母淚眼汪汪地看著我。

那又怎麼樣？我的內心不會因為這種事而動搖。

「為什麼呢？」

「唉……我不懂妳到底想說什麼啦。要是有話想說，就清楚說出來啊。」

我似乎也感到相當煩躁的樣子，發出了比想像中更加低沉的沉重聲音。只見雲母再也控制不住，一道淚水滑過她的臉頰。

是否還太早了呢？我似乎還有足以讓她激動到流下淚水的餘地。假如她已經拋棄我，覺得我怎樣都無所謂，應該就連流淚都嫌費力吧。

但既然事已至此，已經無路可退了。

為求保險起見，擬定由我主動開口提分手的計畫。她哭完後應該是最冷靜的時刻，她爆炸的風險會比較低嗎？既然這樣，雖然很麻煩，應該在她哭完前儘量引發毫無價值

的爭論，讓她精疲力盡嗎？

「我做錯了什麼嗎？」

「天曉得，這也不是應該怪誰的問題吧。」

「究竟是哪裡不行呢？」

「純粹是我們價值觀不合。就只是這樣罷了。」

「你說價值觀……」

「我討厭被人束縛，而妳打算綁住我。」

「我希望你不要跟其他女生兩人獨處，不要做些讓我感到不安的事情，是那麼過分的要求嗎？」

「我不曉得一般人覺得怎樣啦。只不過對我來說那是很難接受的事情，就只是這樣而已。」

但我不會特地向雲母分享自己的價值觀，雲母也不打算知道。所以我們理所當然地漸行漸遠。

雖說要是早就知道，我大概也不會想要接近雲母吧。

「說到底，所謂的炮友應該是更加輕鬆，方便互相利用的關係才對吧。」

我刻意不含糊其詞，斬釘截鐵地說出了我們的關係。

「炮……友……？」

「唉……算啦，雖然我早就猜到了。」

對於驚愕不已的雲母，我只能嘆氣。

追根究底來說，我從來沒說過要跟她交往。不過我也是明知道雲母有所誤會卻沒說什麼，也沒資格抱怨就是了。

「再說我也不懂妳為什麼會這麼執著於我。」

「那當然是因為我喜歡你吧……？」

「只不過是抱有好感的程度稱得上喜歡？」

「請你不要說什麼只不過！」

「……哎，這表示就這層意義來說，我們的價值觀也是合不來啊。」

我為了自己方便讓雲母看到她想看的。雲母則是只看她想看的。

所以就某種意義來說，這是正如我們所願的末路。

「嗚嗚……嗚噫……」

在被靜寂籠罩的房間裡，只有雲母的嗚咽聲迴盪著。

但悲哀的是我內心絲毫沒有受到動搖。我沒有產生任何罪惡感，也沒有湧現任何同情心。

好像有人說過女人的眼淚是一種武器，但如果無法動搖男人的心，那就只是白費工夫──我甚至有閒情逸致想這種無聊的事情。

我跟雲母的關係致命性地宣告結束了。

「霞同學。」

「……嗯。」

等這件事解決後，得準備新年會才行啊——因為我像這樣在想其他事情，所以反應慢了一拍。

「我們分手吧。」

「說得也是。」

她提出分手的台詞十分乾脆。我果然還是沒有任何感慨。也不覺得悲傷或惋惜。說到底我們根本沒交往，哪來的分手啊。但我也不打算沒事找事做，故意打草驚蛇。這終歸是對誤以為我是戀人的雲母而言的訣別台詞。至少我還知道這點程度的事。

我起身離開。

出乎意料地沒有起什麼爭執就解決，真是太好了。一想到這下就能了結跟雲母的關係，心情也變得輕鬆起來。對了，久違地跟智也去喝一杯好了。

「那拜拜啦。」

這一定是我跟雲母之間的最後一句話吧。但怎樣都沒差了。

「等一下。」

我穿上鞋子，伸手握住門把。沒有回過頭去。

真虧她能這麼執著於我這種男人啊。在別的意義上我有些佩服她。

但我伸向門把的手有一瞬間停了下來這點也是事實。

衝擊。

嘎噹——後腦杓竄出一陣鈍痛。視野搖晃起來，意識陷入黑暗。

——嘖，我失算了。

DOKUZU

Ai wo kou kumo

乞求愛的蜘蛛

被用母親的名字呼喚的那天。我自覺到心靈支柱啪一聲地崩塌了。那是高中一年級時的事。

我家是單親家庭。自從母親因為車禍過世後，父親無法忍受突然的離別，像是要逃避現實般埋頭於工作，從此對我不聞不問。每隔一段期間就會換人的幫傭，雖然會代替父母養育我，但那終究只是工作，絕對不會是真正的父母。

我努力念書了。無論成績是好是壞，父親都不會有任何表示。

我開始會做家事了。結果只是幫傭不會再來家裡而已。

明明無論我做什麼，父親都不會看我一眼。

事到如今才讓父親有反應的是外表，而且是因為看到母親的影子。

太過分了。我不曉得自己究竟是為何而生，覺得一切都無所謂了。我好痛苦、好難受、心好痛。明明如此，眼淚卻早就哭乾了。

回過神時，我獨自站在放學後空無一人的高中樓頂上。孤伶伶的一個人。

好想就這樣消失，但又沒有勇氣真的消失。這樣的我實在太悲慘、太難看，我討厭這樣的自己。

我的同伴只有蜘蛛而已。

我是何時開始能夠隱約地跟隨處可見的蜘蛛互相理解呢？好像是母親剛過世時，又像是最近才發生的事。

彷彿在求助一般向在欄杆上爬行的蜘蛛搭話，我終於到末期了啊。感覺到自己嘴角上揚，露出像在自嘲的笑容。

喀嚓——響起了門打開的聲響。

出現的是在同年級中，無論好壞都很出名的人。

葛城霞。

彷彿在說「我才不管什麼校規」一般的華麗金髮與耳環，讓這個男學生乍看之下只像個不良少年，卻又擁有給人相反印象的清澈藍色眼眸。在一部分學生當中，有傳聞說他是混血兒，但我不曉得真相究竟為何。

那樣的他在端正的面貌上露出僵硬的笑容，看向了我。

我茫然地眺望了葛城同學一陣子，於是他粗魯地抓了抓頭髮，大大嘆了口氣。居然在看到別人的臉後發出嘆息，這人真沒禮貌呢——我事不關己似的浮現出這樣的感想。

「妳那是什麼表情啊。」

像是自言自語，但的確是朝我這邊發出的呼喚。

根本沒想到會被他搭話，一時之間說不出話來。喉嚨像是卡住一般動也不動。

所幸葛城同學似乎不像是要我回應的樣子，他看來毫不在乎地站到我旁邊，靠在欄

杆上。

「笑啊。」

「……啥？」

這個人突然在說些什麼啊。

「笑啊。」

葛城同學對目瞪口呆的我重複這句話。他看向我的犀利眼神讓我有些畏縮起來，我將臉撇向一旁。

「明明不覺得開心，哪笑得出來呢。」

我自己都覺得這回答一點都不可愛。一般來說，聽到這樣的回答應該會感到不悅，掉頭離開吧。

但葛城同學絲毫不介意。

「相反啦，笨蛋。不是因為開心才笑。是笑了才變開心。」

這台詞好像在哪聽過。此刻我的心靈並沒有從容到會因為這種陳腔濫調大受感動。

「請不要管我。」

我努力——不，是自然地發出冷淡的話語。明明如此，他卻絲毫不為所動。

「等妳笑了再說。」

「這跟你無關吧？」

「一臉彷彿現在就要尋死的傢伙，跟露出笑容的傢伙。反正都要聊天，跟有笑容的傢伙聊比較好吧？」

「……我跟你沒有什麼好說的。」

「不用在意什麼話題啦。我也只是想在接到智也的聯絡前打發一下時間。」

他這種自我中心到了極點的主張讓我感到惱火。既然他說成這樣，就如他所願，笑給他看吧。

「這樣你滿意了嗎？」

因為沒有鏡子，我看不到自己的笑容，但一定沒有任何惹人憐愛的部分吧。我八成露出了像是在諷刺與嘲笑的笑容吧。

「哈。怎麼，妳能笑得比我想像中燦爛嘛。」

所以看到葛城同學很愉快似的露出笑容，讓我大吃一驚。不管怎麼想，我應該都露出了不會讓人有好感的表情才對。

「然後咧？發生什麼事了？」

「所以說跟你無關——」

「反正八成是人際關係的煩惱吧？」

「——唔！」

被他說中心事，我的眉毛不禁抽動了一下。

「男友、學長姊、朋友、父母，是哪個啊？」

「為什麼——」

「如果要問我為什麼會知道，答案很簡單。高中生的煩惱不外乎是人際關係或出路。好像是這樣。妳用手機搜尋看看吧，會出現一大串結果喔。剩下就是以妳的外表能夠預測的年級來看，比起煩惱出路，我猜更有可能是人際關係的問題。」

「……你剛在套我話嗎？」

「這是當然的吧。畢竟我對妳一無所知嘛。」

他輕浮到極點的態度讓我感到煩躁。他彷彿看穿了這點般，用認真的眼神看向我。

「就算對當事者而言是非常嚴重且獨一無二的煩惱，但在這世上到處都有類似的狀況啦。在妳擺出那種好像快死掉的表情前，先試著搜尋看看怎樣？之後看妳要找出類似的傢伙互舔傷口也行，要找出解決方法試著實踐也行。隨妳高興吧。」

為什麼我非得被不認識的人說成這樣不可呢？

「那你願意聽我說嗎？」

「……哎，就當作順便打發時間吧。」

就儘量讓他傷透腦筋吧。我抱著摻雜這種焦躁，像是遷怒般的情緒說出至今為止的經過，不知不覺間甚至把懷抱的感情都說出來了。

「原來如此啊。」

葛城同學點了一次頭後，接著左右搖了搖頭。

「不好意思，我完全搞不懂妳在說什麼。」

「我想也是。」

我不期待他能夠理解。無論是誰，要陪人商量這種事都只會感到為難而已。所以我只是想用這種話題讓這個自我中心到極點的男人傷腦筋而已。

「我明白內情了，也可以理解妳為何會抱持那種感情。但我完全無法產生共鳴。畢竟我家雖然也是類似的狀況，但我從未有過那種纖細的煩惱嘛。」

不過啊——他接著這麼說，看向我這邊咧嘴笑了。

「妳的心情應該舒暢點了吧？」

「咦……？」

「不巧的是我只知道這種做法啊。」

如果是智也，應該有更高明的辦法吧——他一邊這麼低喃，一邊背對著我。

「等一下，你說什麼——」

「怎麼。妳沒發現啊？那妳等一下去照鏡子看看吧。妳那種要死不活的表情已經消失了啦。」

「啥？」

要死不活的表情……？

「拜啦。」

他從樓頂上離開了。我伸出去的手撲了個空。

「搞什麼呀……」

簡直莫名其妙。

「…………回家吧。」

等回到家之後，我才發現直到跟他說話之前，我甚至不想回家。

在那之後——我跟葛城同學之間毫無交集，甚至讓我不禁懷疑那天發生的事情搞不好是幻覺。

縱使腦袋可以理解不同班就是這麼回事，但每次看到他時，「如果是那一天願意關心我的他，說不定會再次向我搭話」——這種淡淡的預感彷彿泡沫般不斷浮現又消失。

其實我已經察覺到倘若我不主動積極地與他展開交流，這種只是放學後稍微聊過天的關係，就會像描繪在沙灘上的圖畫被波浪沖走一般消失無蹤，實際上也變成了那樣的情況。

明明如此，即使我跟他那薄弱的關聯立刻就瓦解消失，關於他的話題還是一直傳入我的耳中。

葛城霞實在太引人注目了。

關於誰很帥氣這種話題一定會提到他的名字，就連他每天過著怎樣的生活，大家都知道得一清二楚。

就是因為這樣，才會被想隱瞞真命天子，或是沒有特定對象的女生當幌子利用。這也讓我感到有點鬱悶。

所以我會知道他的家庭環境跟我類似，一定也是必然的吧。

家境富裕，在金錢方面不愁吃穿。卻得不到父母的親情。

燦爛亮眼的學年第一的成績和出類拔萃的運動細胞，每個人都只看表面對他讚賞不已。但假如那是跟我一樣，希望得到父母關注而拚命磨練自己的結果所獲得的產物，一定只會讓他徒增空虛。

單方面抱持著曖昧的親近感。不知不覺間，我開始會用視線追逐他的身影。

然而這時我跟他之間已經產生很大一段距離。

要說理所當然也沒錯吧。因為他是讓人忍不住想說「你是哪來的漫畫主角啊？」這樣的人。無論何時都被許多人簇擁。另一方面，我只是從遠處眺望著他的路人角色。

我跟他。究竟是哪裡相差了這麼多呢？我們是在哪邊拉開了這麼大的差距呢？我不知道。

他一定打從一開始，就活在跟我不同的世界裡吧。

所以這就像是一種憧憬。我從未想過要向他告白，或是想跟他交往。

雖然也有朋友說他很可怕，我從未覺得他可怕。他常故意暴露出壞的一面，但我知道他出乎意料地也有溫柔的一面，而且對於只有我知道這件事產生了陰暗的優越感。

我心想如果可以像這樣，逐漸增加只有我知道的他就好了。可能的話，希望他也可以了解我。然後像這樣用彼此覆蓋掉原本的對方。

不知為何，這種愚蠢透頂的妄想非常開心。

看來我似乎也沒什麼抽籤運，在升上高三之後，才終於跟霞成為同班同學。但也在抽籤換位置時被趕到窗邊拉開距離，這隔閡之深讓我也只能笑了。自從相遇後已經過了兩年，霞同學一定已經不記得我了吧。

現在霞同學也是跟阿久戶同學看起來很開心似的在聊天。我很在意內容，因此側耳傾聽，但因為座位距離太遠，聽不到他們對話的內容。我不禁好奇地試著悄悄派了蜘蛛過去。真可惜，被拍掉了。

霞同學忽然看向這邊。我們四目交接。

不妙。我似乎在無意識中一直緊盯著他看。他應該沒發現蜘蛛是我派過去的吧。怎麼辦？好想移開視線，但又不想移開。我進入了他的視野範圍，只不過是這樣一件小事，卻讓我如此開心。

但這樣的幸運並沒有持續太久，霞同學很快就回頭跟阿久戶同學繼續聊天了。雖然這讓我有些遺憾，更多的是安心感。再繼續對望下去，我的心臟會撐不住。

可以聽見心臟怦咚怦咚地跳動，聲響激動到有些吵鬧。簡直就像全身神經全部集中在耳朵般，聽見霞同學的聲音。

「智也，那傢伙怎麼樣？」

「那傢伙，是在說百目鬼同學？」

心臟格外激烈地跳動了一下。咦，什麼？是關於我……我的話題？

他們是聊到什麼，才會出現我的名字呢？因為教室的喧鬧聲，我不知道這段對話前後的內容，這更加倍勾起了我的期待與不安。

不知為何，只有現在彷彿所有雜音都消失了一般，能夠側耳傾聽到兩人的對話。

「我覺得別碰她比較好。」

你說什麼？這個混帳。

我的注意力分散了。兩人的對話被喧囂聲給蓋過，聽不見了。

我愈來愈討厭阿久戶同學了。

——明明很討厭他。但我似乎跟阿久戶同學頗有緣。

「請跟我交往。」

某天放學後，一位沒看過也不知道名字的男學生找我出去，向我告白了。

「對不起，我沒辦法跟你交往。」

「為什麼？」

「因為我不認識你，就算你要求我跟你交往，我也很難答應。」

「不能等交往之後再慢慢認識彼此嗎？」

「對我而言，所謂的交往是基於彼此的信賴關係。我認為試用期什麼的對彼此來說都很失禮。」

真是輕浮。是因為內心這麼想嗎？我不禁說出了帶刺的話語。

對於拒絕對方這件事，我感到過意不去。像這樣表達自己的心意，不知需要多大的勇氣呢？我實在模仿不來。正因如此，我也打算誠懇地聆聽告白後再開口拒絕。

但是，正因如此，對於試用期或當成遊戲的一環這種輕浮的告白，讓我有強烈的抗拒感。

「等一下！」

「呀啊！」

手腕突然被抓住，讓我不禁發出哀號。

「那個……」

「抱歉，但我沒辦法那麼輕易地死心。」

傷腦筋。怎麼辦？好可怕。

他的表情看來很拚命。說不定他並非抱持著輕浮的心態在告白。

但這是兩回事。我不會因此接受他的告白。

我知道必須甩開他的手逃跑才行。可是他令人毛骨悚然的模樣，讓我感受到一種陷入絕境的人特有的恐怖感，不曉得會做出什麼事。

「好啦，到此為止～」

想動卻動不了。彷彿要劃破這種緊迫的氛圍一般，「啪！」響起一聲拍掌聲與毫無緊張感的聲音。

照理說這個空間只有我跟來告白的他，我轉頭看向突然出現的闖入者，只見在那裡的是阿久戶同學他那雖非我本意，但已經看習慣的身影。

「總之，你先放開手吧。」

阿久戶同學露出跟平常一樣感覺無法信任的笑容這麼說道，握住我手腕的力量便鬆開了。我立刻甩開那隻手並拉開距離，於是阿久戶同學若無其事地像要掩護我一般，與前來告白的人面對面。

「先說聲抱歉。我本來不打算偷聽的，但正好在路過時聽見了。」

「啊，不會……」

「還有，你今天就先撤退吧。雖然我只有聽見片段，但你的聲音聽起來有點不太冷靜。你該不會打算霸王硬上弓，對她怎麼樣吧？」

「我、我知道了……百目鬼同學，抱歉。」

阿久戶同學這麼勸告後，他一臉尷尬地移開視線並低頭道歉，彷彿逃跑似的離開了

現場。

感覺真狡猾。乾脆到讓人有些掃興，阿久戶同學輕易解決問題的身影讓我不禁這麼心想。我知道這是在遷怒。也知道是他救了我，應該要感謝他，還有這是不能表露出來的感情。

「抱歉。多虧有你，得救了。」

「不會不會，為什麼百目鬼同學要道歉呢？不管怎麼想，都是那個男的不好吧？」

「……謝謝你幫了我。」

但這種難以理解的感情妨礙我，讓我無法順暢地說出「謝謝你幫了我」這句話。

我隱約地明白原因。

阿久戶智也。他是霞同學的朋友。他們似乎認識很長一段時間，或許可以說是兒時玩伴或摯友吧。

我不擅長應付他。

因為阿久戶同學不管怎麼看都是普通人，實在不像是夠資格站在霞同學的身旁。明明如此，卻理所當然似的待在那裡。

太詭異了。我不曉得他在想什麼。

但這似乎是我單方面不擅長應付他，很少有人會對他抱持這種感情。只要看到他朋友之多，就會明白這點。

所以阿久戶同學理所當然似的向我搭話。

「不客氣。哎呀～話說回來，百目鬼同學真受歡迎呢～」

「哎，說得也是呢……」

「妳不是很高興？」

「雖然不是想被人討厭，但這麼頻繁的話，有點……」

老實說，很麻煩。我藏起不能說出口的這句話。

「這種事常發生嗎？」

「怎麼可能。一般人只要被拒絕，就會很乾脆地離開。」

「這樣啊。哎，一般是這樣呢。」

我認為別人對自己抱有好感一事值得感謝。但對方擅自替我安排計畫的話，也很令人傷腦筋。要是被抓住或對方惱羞成怒，簡直糟糕透頂。縱然沒變成那樣，要拒絕告白也是很耗費心力的事。

這或許是奢侈的煩惱，但也是迫切的煩惱。

「唉……我看起來很好拐的樣子嗎？」

「我想應該沒那回事。」

「但我看起來像是個被不是很熟的對象告白，也會點頭答應的輕浮女生對吧？」

「不，我想不是那樣的喔。」

比想像中更強力的否定勾起了我的興趣。

「那麼原因是？」

「嗯～這個嘛……果然是因為百目鬼同學很可愛吧？妳想想，就跟明知道不會中獎，還是會買樂透一樣啊。」

我知道他是在掩飾著什麼。我試著翻白眼瞪他，但阿久戶同學似乎不打算回答，他露出一如往常的笑容。正因為被勾起了興趣，我有種期待落空的感覺，甚至忍不住嘆了口氣。

「那樣一點幫助都沒有呢。」

「也是呢～妳準備要回家了？」

「是沒錯。」

「畢竟剛剛才發生那種事，路上小心喔。」

有一瞬間，我警戒著他是否想假借護送之名拐我上床。但阿久戶同學很乾脆地背對著我離開現場。

我又更加討厭阿久戶同學了。

＊＊＊

我升上大學了。

跟霞同學進入同一間大學並非巧合。因為他腦袋聰明，為了跟他考上同一間大學十分辛苦，但只要想像跟霞同學的大學生活，要我多努力念書都行。

遺憾的是他根本沒發現我跟他在同一間大學。

「咦？妳該不會是百目鬼同學？原來我們同一間大學啊。」

入學後沒多久，首先注意到我的是阿久戶同學。那是我跟在大學交到的朋友葵準備去上下一堂課的時候。

「好久不見了。」

「嗯，好久不見。說是這麼說，但直到去年都還是同班同學，感覺也沒隔多久就是了。」

「的確，畢竟才一個多月嘛。」

因為阿久戶同學總是跟霞同學待在一起，雖非本意，但他的笑容我早就看習慣了，我也露出客套的笑容較勁。

「幸會，我是經營系的阿久戶智也。」

「我是心理學系的高松葵。」

「百目鬼同學也是心理系？」

「是的。」

對於跟我在一起的朋友，他也用圓滑的態度應對，看起來果然還是很可疑。

「心理系啊～嗯，不錯呢。妳們兩人都給人那種感覺。」

「是這樣嗎？」

「因為妳看，對其他人沒有興趣的話，是不會想念心理學的吧？想知道那個人在想什麼——因為有這樣的想法，才會仔細觀察別人，這種人也經常注意到細節，所以很擅長替別人設想。」

這是在稱讚我們嗎？

就算如此，我對阿久戶同學已經先有了詭異的印象，不禁想著他為何要稱讚我們？是不是有什麼陰謀？……會這麼疑神疑鬼，一定是因為我的個性很差勁吧。

「實際上百目鬼同學經常站在跟大家有點距離的位置觀察周圍，很多人表示就是欣賞妳這種沉穩且成熟的地方喔。」

他像是在對葵說明般揭露的情報，我也是第一次聽說。雖然我眼中一直只有霞同學就是了。

「高松同學感覺也很成熟又漂亮，心理學系是不是很多這樣的人啊？」

雖然阿久戶同學像在開玩笑似的露出笑容，但我看得出來葵不知該怎麼回應。

這一定是因為突然被稱讚，還有同時感到有些尷尬的關係吧。

畢竟我們會選擇心理學系就讀的理由，單純只是因為考上的就是這個科系。並不是那麼高尚的理由。課程也都是選些可以輕鬆拿到學分的。

「智也同學為什麼會選擇經營系呢？」

葵選擇改變話題。我明白她的心情。

「說來難為情，但沒什麼大不了的理由。我會選擇經營系，是因為這樣最安全。其實選經濟系也沒差，但因為朋友也選了經營系，就決定來這邊。只是這樣。」

這回答真狡猾。但「朋友」這個詞讓我非常在意，甚至覺得他怎麼回答都無所謂。

阿久戶同學眼尖地察覺到這點，這麼補充說道：

「喔，對了對了，霞也在經營系喔。」

「……是嗎？」

我早就知道了。無論好壞都很引人注目的霞同學，他的志願學校在高中也是廣為流傳，所以我才會設法擠進這間大學。

「霞是我的……該怎麼說呢？朋友？雖然我們認識的時間是很久啦……」

阿久戶同學有些迷惘該怎麼向葵說明關於霞同學的事情。

為什麼要在這邊吞吞吐吐？不管從哪裡怎麼看，你們都是摯友吧。

「喔，不妙。再不移動的話，會趕不上時間呢。」

瞄了一下手錶確認時間的阿久戶同學結束話題。

「下次再一起喝杯茶，慢慢聊吧。也邀霞一起去，當然還有葵同學。」

我們迅速地只交換了聯絡方式後，阿久戶同學說了聲：「拜拜。」便離開現場。不知不覺間他的稱呼方式也改變了。雖然大概只是配合葵的叫法吧。

「欸，雲母。」

「什麼事？」

「他該不會是妳的前男友之類的？」

……那怎麼可能。為什麼會變那樣？

「感覺妳好像有點不擅長應付他，所以我在想會不會是那種關係呢？」

「倒也不是那樣……我們以前真的只是普通的同班同學而已，所以我沒想到他會像那樣向我搭話罷了。」

我說謊了。如果要說擅不擅長應付他，他肯定是我不擅長應付的那種人。只不過那是我單方面的感覺，並不是阿久戶同學本身有做錯什麼。因為也不是能夠解釋清楚的東西，我這麼蒙混過去了。

「是哦～既然這樣，那下次幫我介紹一下吧。」

「咦咦……？」

葵，妳看男人的眼光會不會太差啦？

「你們果然是那種——」

「不是啦。我跟阿久戶同學感情沒有好到可以幫忙介紹喔。」

但要說這令人意外嗎？倒也不會。

雖然常被霞同學的光芒掩蓋過去，但阿久戶同學也是出乎意料地受歡迎。

因為過於出類拔萃，就算動輒變得孤高也不奇怪的霞同學，之所以不會被遠遠圍觀，無庸置疑是受到這個男人的影響。

因為有交遊廣闊的阿久戶同學待在霞同學身旁，才緩和了那種難以接近的印象。

也因此才會有女生接二連三地接近霞同學，讓我焦慮不安了好幾次。光是回想起來，都覺得煩躁不已。

總而言之，是因為交遊廣闊與態度親切的緣故嗎？或是因為能夠待在霞同學身旁的關係呢？阿久戶同學也低調地受歡迎。尤其是那種對霞同學會感到畏縮，比較文靜乖巧的女生，也有不少人認為阿久戶同學比較好。

他一定是擺出一臉老實的模樣，接二連三地偷吃不少女生。

我又更加討厭阿久戶同學了。

＊＊＊

大學生的第一年眨眼間就過去了。

我剛入學沒多久，父親就立刻過世。雖然有點驚訝自己居然沒有什麼特別的感想，

但就只是這樣而已。

本來父親就很少回家，就算回家也只是睡覺，把家裡當成住宿設施在利用而已。即使是親生父親，沒什麼關聯的話，或許就是這麼回事吧。

比起這種事，我更拚命地在習慣新生活。

我跟霞同學沒有任何交集。科系不同的話，這樣是很正常的吧。就算偶爾看到，他也總是跟某人在一起，我沒辦法上前搭話。

「嗨，好久不見啦。」

所以我像平常一樣只是在遠處觀望，準備離開現場的時候，被霞同學搭話讓我大吃一驚。那是大學生活第二年，我剛過二十歲時的事情。

「妳不記得我嗎？我們曾經是高中同學。」

「葛城霞同學。」

怎麼可能忘記。我片刻都沒有忘記過。

「對。怎麼，原來妳記得啊。因為看妳好像很驚訝的樣子，還以為妳忘了我。」

「我想應該沒有幾個人能夠忘記葛城同學喔。」

我反倒以為霞同學早就忘了我這個人。

「是嗎？」

「是的，因為葛城同學是個很有存在感的人。」

我拚命壓抑住雀躍不已的內心，努力提醒自己表現出沉穩的態度。倘若不這麼做，感覺好像會脫口說出奇怪的話。

「不好意思，我想不起來妳叫什麼名字。雖然我記得妳的長相啦。」

我受到的打擊比想像中小。畢竟我本來就不抱期望，覺得八成是這樣吧。

因為霞同學的周圍經常有很多人在。一直都很清楚自己是在那個圈圈外面，埋沒在背景當中。

而且我跟霞同學相遇的那一天。在最有機會留下印象的時候，我並沒有報上姓名。光是能讓他記得我的長相就足夠了。

……雖然我試著這麼欺騙自己，但胸口的疼痛十分誠實。

「我叫雲母，百目鬼雲母。」

「噢，對，是雲母。我一直覺得妳的姓氏很罕見。」

「是這樣子嗎？」

「就是這樣啊。雲母，妳今天有空嗎？去喝一杯吧。」

………………

「跟我？」

「不然還有誰啊？」

「就我們兩人？」

「也可以約其他人一起來喔。」

霞同學他……主動……邀請我……？

因為過於震驚，我不小心問了理所當然的事情與多餘的事情。

「不……好的，沒問題喔。」

我只有一瞬間猶豫該怎麼辦。

無論霞同學是抱持怎樣的打算，我都絲毫不打算拒絕。

霞同學帶我去了一間散發著靜謐氛圍的高雅酒吧。感覺就是大人會來的地方，我的存在非常突兀。

即使在這種地方，霞同學也依舊是霞同學。只見他泰然自若，完全感受不到任何不安或緊張。

霞同學幫我拉了椅子，我在他身旁坐下。

怎麼辦？我非常緊張，聲音好像會變沙啞。

「葛城同學經常來訪嗎？」

「哎，姑且算是吧……妳要點什麼？」

即使看了菜單，我也什麼都看不懂。

畢竟我從未喝過酒，我叫得出來的名稱頂多就啤酒或葡萄酒而已。

明明如此，初次體驗居然是跟霞同學一起，而且還是在這麼時尚的酒吧裡。我原本以為會到大學生常去的居酒屋喝酒。

「……你有推薦的嗎？」

因為不知道該點什麼，結果我還是試著問了霞同學。

詢問後我才察覺，這樣好像挺不錯的。總覺得在電視劇或電影裡看過這種場景。

「像是柑橘類和莓果類，還有咖啡吧。妳想喝哪一種？」

「嗯……那就麻煩你點杯柑橘類的。」

「好喔。」

送上來的酒是美麗的藍色。在爽口的酸味中稍微帶有一點苦澀。這種苦澀就是酒精嗎？

腦袋因為緊張和興奮陷入混亂，對話中斷了好幾次。

我一直著急地覺得必須說些什麼才行，但總是白忙一場，遲遲擠不出話題和話語。為了掩飾沉默，我啜飲送上來的酒。

我一直覺得霞同學是不同世界的居民，跟他一起喝酒有一點非現實感。

感覺輕飄飄的，好像在作夢一樣。

霞同學似乎也不是多話的人，他好像是不覺得沉默很難受的類型。

肩膀的力量也放鬆下來後，感覺愈來愈開心了。

我不禁眺望起霞同學靜靜喝酒的側臉。明明沒有做任何特別的事，但他的手勢和眼神都非常帥氣，讓我忍不住用視線追逐著。

不想被他發現我在偷看呢。但又覺得希望他注意到。

相反的感情交織在一起，建構出不著邊際的想法。

「不好意思，還讓你請客。」

「別放在心上。畢竟是我突然約妳的嘛。」

然而彷彿作夢一般的時光正因為是夢，一定會迎向該醒來的時候。

霞同學似乎在我離開座位時結完帳了，他這種瀟灑的地方也很帥氣。

「很危險喔，妳喝醉了吧。」

「我沒事喔。」

「哈，妳騙人。」

不知不覺間被握住的手感受到強勁的力量，我委身於那股力量，只見霞同學從正面看著我。

「霞……同學……？」

我們四目交接。我心想他好像一匹狼，而且是肚子非常飢餓的狼。

會被吃掉——我的直覺這麼低喃。背脊在顫抖，心臟揪緊起來。

腦海中的一角發出「快逃」的警告。明明如此，雙腳卻一步也動不了。我的身體至今仍在霞同學的手臂中。被那雙冰冷又銳利的眼眸捕捉住，逃脫不了。

他彷彿輕撫一般堵住了我的雙唇。

…………

……………

…………………

我感覺到有股聞不習慣的氣味搔癢著鼻子而張開雙眼。我不可能認錯抬起頭看到的人物。

「嗯……霞同學？」

雖然不算是肌肉發達，但也鍛鍊得恰到好處，跟我完全不同的堅硬身體。

——等等，很奇怪。為什麼我能看見這種東西呢？

「咦……？咦咦！」

我從床上跳起。澈底清醒了，但腦袋正陷入混亂無比的狀態。

「咦！為什麼？」

為什麼為什麼為什麼為什麼為什麼為什麼啊？咦！慢點！騙人的吧？

「啥？妳什麼都不記得了嗎？」

霞同學露出像是感到困惑，又像是感到傻眼一般難以言喻的表情，這麼詢問我。

「咦？…………啊。」

他那樣的表情讓我彷彿有冰刃戳進腦內一般，臉色蒼白起來，回想起之前的事情。

怎……怎麼辦怎麼辦怎麼辦怎麼辦怎麼辦怎麼辦！我鑄成大錯了……

「妳想起來了嗎？」

「啊，那個……！」

慢著，我全身赤裸！我慌張地用被單遮住身體。

就在我一個人驚慌失措的時候，霞同學看來心情很好似的咯咯笑著。

為什麼這個人可以這麼冷靜沉著呢？

總覺得我一個人慌亂成這樣很像傻瓜，開始覺得或許這其實沒什麼大不了的。

……不，不可能沒什麼大不了的吧。

應該說這就是那麼一回事沒錯吧？因為好像是順勢發展成這樣，跟我原本想像的相差很多，所以感到困惑。

其實我本來希望可以先約會然後被告白，像這樣按順序發展，但能跟霞同學交往的話，哎，就算了吧。再說這樣感覺很成熟，也挺不賴的。

「早安，霞同學。」

「喔，早。」

霞同學笑著這麼回應我。

雖然我拚命裝出平靜的樣子，試著打招呼，但已經到了極限。

我逃進了浴室裡。

＊＊＊

「咦？現在嗎？」

晚上。雖然還沒過半夜十二點，但也能說是深夜的時候。

霞同學打電話給我，說他現在想來我家。

『啊……哎，畢竟都這種時間了嘛。不方便的話，可以直接拒絕喔。』

「不，那個，雖然不是不方便……」

其實很不方便。我已經洗好澡，而且也卸妝了。可能的話，我希望霞同學無論何時看到的都是打扮得漂漂亮亮，可愛迷人的我。

『不，照常理想，這樣會給妳添麻煩呢。不要緊。只是有點想看看妳的臉而已。』

咦？他說想看我的臉是——

『我不想給妳添麻煩，今天我就問問看能不能去住阿鈴家好了。』

等一下。阿鈴？阿鈴是誰？該不會是女生？不管怎麼想，那都是女生的名字！

「可以喔。我等你來。」

『真的可以嗎？』

「是的。當然可以。如果是霞同學，無論何時都很歡迎喔。」

『不好意思啊。那我大概三十分鐘後到。』

「我等你來喔。」

我在通話結束的同時動了起來。

限制時間是三十分鐘。

必須趕緊做好準備，以便迎接霞同學的來訪。

我手忙腳亂地匆匆收拾房間。自從在家做料理招待過霞同學一次後，我平常都會收拾整齊，以便隨時都能邀請他，但聽到他突然要來訪，就連平常不會在意的部分都變得在意起來，實在很不可思議。

「不好意思啊，在這種時間跑來。」

「不會，請進。」

我接過霞同學原本掛在肩上的背包後，忽然注意到一件事。

有酒的味道。

「嗯？怎麼了嗎？」

「不，沒什麼。你跟那個叫阿鈴的人喝了酒才來的吧？」

「嗯？對，是沒錯啦。」

我本來不打算逼問他的，但忍不住變成了像在鬧彆的語調。明明如此，霞同學卻彷佛沒什麼似的回答。這種溫差讓我有些不滿。

我翻白眼瞪著霞同學看，於是他宛如察覺到什麼般敲了一下手。

「咦，啊。雲母，妳誤會了對吧？阿鈴的本名叫做鈴木一郎喔。」

「咦……？啊。」

那一瞬間，我發現是自己帶有偏見。

「因為那傢伙好像討厭別人用名字叫他嘛。哎，我也不是不懂。那名字有點太偉大了。只不過說是這麼說，但鈴木這個姓氏還滿常見的，所以我們都用暱稱叫他。」

霞同學像在揶揄一般的笑容刺激著我的羞恥心。我感覺如坐針氈，支支吾吾地動著嘴巴，結果還是說不出話。

「呼～」

霞同學深深地坐進沙發裡。

…………？感覺他好像沒什麼霸氣。他該不會很疲憊……？是不是喝太多了呢？

「嗯？怎麼了嗎？」

霞同學露出疑惑的表情。好像被他發現我拿飲料給他時一直盯著他看了，感覺有點難為情。

「啊，沒有，那個……總覺得你看起來好像很累。」

「喔……妳看得真仔細啊……」

霞同學感觸良深地這麼喃喃自語。畢竟我可是愛慕了你四年嘛——我在內心低喃著絕對不能告訴他的話。

「哎，因為我有點不方便回家。」

「咦？」

跟預測不同的理由讓我不禁發出聲音。

「不然妳以為是什麼原因啊？」

「不，那個，我以為你是喝太多了。」

「哈。那種程度還綽綽有餘啦。」

我最近才知道，霞同學似乎是酒量很好的人。他好像很習慣喝酒，我懷疑他搞不好剛上大學沒多久就一直在喝了。

「哎，總之我明天得早起啦。我只是怕睡過頭，才想到其他人家裡過夜。妳會叫我起床的吧？」

「嗯，沒問題喔。」

感覺好像被敷衍了。但要深入追問也讓我有些遲疑，我配合他這麼回應後，忽然察覺到一件事。

霞同學的家庭環境跟我很類似。

我也有過這種不想回家的心情。所以可以理解不想回家的心情。

霞同學應該也是一樣的心情吧？

倘若是這樣，我能為他做些什麼呢？

那時的我想要一個不用顧慮任何人，能夠安心回去的場所。

諷刺的是我在父親過世後獲得了這樣的場所，即便如此，回到沒有任何人在的家，有時還是會讓我感到一絲寂寞。

霞同學是否也有這樣的場所呢？如果沒有，我想替他打造一個。

感覺到欲望在我內心昏暗的部分忽然蠢動起來。

假如霞同學的歸宿可以變成我家，那一定會為我帶來無與倫比的幸福感吧。

在想像了那種情況的時候，就已經不行了。我無法抵抗，向欲望屈服了。

「那個……這給你。」

「嗯？這什麼啊。鑰匙？」

「是這個房間的備份鑰匙。」

我在原本應該很純粹的善意裡摻了一小匙欲望，將備份鑰匙遞給他。

「喂喂，這我不能收下吧。」

「你不方便回家對吧？我也懂那種心情，所以請你帶著吧。無論何時，我都歡迎你到來。」

將鑰匙交給他後，我才想到這樣說不定有點沉重，感到不安起來。霞同學仔細眺望

著鑰匙，他的反應讓我很害怕。

「啊……算啦，沒差。那我就先幫忙保管了。」

他比我想像中更輕鬆的態度讓我有些洩氣，但更覺得鬆了一口氣。因為我原本在想萬一嚇到他，不知該怎麼辦才好。

「先別提這些了，霞同學。要不要去約會呢？」

事到如今內心才湧現害羞的情緒，我試著強硬地轉換話題。

但我想去約會是真的。雖然是一時衝動提出了這個話題，之前一直遲遲說不出口，就當作是歪打正著吧。

「怎麼又這麼突然啊。是無所謂啦。」

「太好了，就約這週末如何呢？」

「喔，抱歉。這週末沒辦法，已經有行程了。」

「這樣子嗎……」

有一點……不，是有些……不對，是非常遺憾。

但霞同學也有自己的事情，這也沒辦法。我拚命忍耐，以免露骨地表現在臉上。

「等我一下喔……呃～喔，下星期比較有空呢。雖然也要看妳想去的地方，不過約下星期可以嗎？」

「好的，當然可以。」

霞同學單手滑著手機，好像特地為我確認了行程。我的答案當然是ＯＫ。如果是為了跟霞同學約會，就算有點勉強，我也會空出行程。儘管這次沒什麼預定好的行程。

「好，那就下週吧。然後咧？妳想去哪裡？」

「這個嘛……啊，就是這裡。」

因為我考慮過好幾次，所以能夠立刻用手機顯示出來。

「喔，這裡啊。我是聽說過……手機借我用一下喔…………啊，果然交通有點不方便啊。既然這樣，應該開車去比較好嗎？」

「咦？不用麻煩吧。沒關係的喔。因為我不會開車，那樣就只能全程交給你負責，而且一個人開車很辛苦對吧？」

「這種程度的距離沒什麼大不了的啦。」

他溫柔地戳了我一下。即使是這樣的對話也會感到開心，我病得不輕吧。

「那就下週見啦。」

「好的。」

＊＊＊

今天難得有電影社的飲酒會。因為霞同學也不在，為了防止有任何萬一，我很小心

地避免喝過頭，即便如此，還是覺得有一點輕飄飄的。

那之後我跟霞同學約會了好幾次。雖然也有邀約被拒絕的時候，但霞同學交遊廣闊又很忙碌，這也是沒辦法的事。而且在約會期間他會好好陪我，也很頻繁地來我家。我也知道他有很會照顧人的一面。有一種人釣到了魚就不餵飼料，他跟那種最差勁的人不同。

「咦？該不會是霞同學？」

回程的路上，在前往車站的途中，覺得好像看到了熟悉的背影。我跟社團成員打了聲招呼後，一個人離開了團體。

我從後面追了上去，正準備向他搭話時，發現了一件事。

「…………哦。」

霞同學跟一個陌生的女生一起走著。我從微醺的感覺中清醒，感受到腦袋瞬間冷靜下來。

早就知道霞同學很受歡迎，看到他帶著女生一起行動的場面也不是什麼稀奇的事。我可是單戀他長達四年，這段期間我一直看著霞同學。

而且就連現在已經開始跟我交往，也經常在大學裡看到他被女生包圍的景象。其實我很討厭那樣，但要他遠離社團成員或只是剛好上同一門課的朋友，感覺就像個沉重的女人，因此我忍住了。最重要的是，唯獨被霞同學敬而遠之這件事，我絕對無法接受。

但如果是夜晚的鬧區，就另當別論。即使是我，也無法認同這種事。縱然我認為霞同學絕對不會做這種事，他們兩人若打算單獨喝一杯，我會向他抱怨一番。要請他自覺這種行為就算被某些人認定是劈腿也不奇怪。至於我…………僅限這次，就當作是未遂，原諒他吧。

我一邊拜託蜘蛛幫忙監視霞同學，同時也悄悄尾隨他們，避免被發現。

仔細一想，好久沒像這樣依靠蜘蛛了。自從跟霞同學交往後，我應該一次也沒用過吧。簡直就像忘記了一樣，再也沒跟蜘蛛說過話了。我發現這表示自己就是那麼深深地沉迷於霞同學，感到有一點難為情。

這麼說來，這件事也應該告訴霞同學嗎？

這讓我有一點害怕。儘管不認為霞同學會因為這種事討厭我，一想到可能會被拒絕，身體就彷彿被迫站在酷寒之地般顫抖起來。

既然這樣，還是瞞著他比較好。即使要裝成像普通人那樣欺騙霞同學，我也想要被愛。縱然那種可能性只是萬分之一，我也無法忍受被霞同學拒絕。

我搖了搖頭，像是要甩開浮現出來的不祥想像，在蜘蛛的帶領下專心地追在霞同學的身後。

他前往的地方是旅館。

——我彷彿聽見了世界裂開的聲響。

隔天霞同學也是很普通的樣子。非常普通，這反倒讓我覺得可怕。

好想逼問他：那女生究竟是誰？你們是什麼關係？你背叛了我嗎？

但要是問出口，這段關係彷彿就會結束一般。我不想放手，一直無法下定決心。

「妳怎麼了嗎？」

被霞同學這麼搭話，我抬起頭來又似乎忍不住低下了頭，我都沒發現。

本想設法擠出跟平常一樣的笑容，卻無法順利露出笑容，只好移開視線。

「妳身體不舒服嗎？還是有什麼掛心的事情？」

你以為沒有嗎！

我好想這麼逼問他，但我辦不到。可是我必須回答些什麼才行。

「…………那個，霞同學，你昨天……做了些什麼？」

結果我還是問了。已經無法回頭了。感覺就像從懸崖上跳下去一樣。明明只覺得害怕不已，卻沒什麼真實感。

「啊？我？我昨天去了飲酒會啊。有什麼問題嗎？」

啊啊，果然。

那並不是我看錯。

絕望感支配我的全身，讓我差點倒下。明明如此，卻有某種東西在另一方面催促著我，不允許我就此打住。

霞同學露出疑惑的表情，我還是一樣看著旁邊，設法推敲出要說出口的話語。

「昨天我參加的社團也有飲酒會。」

「是喔，然後咧？」

「然後，在回家的路上………」

我不禁語塞，無法說出決定性的那一句話。

其實我就連想起來都不願意。但就算不願意，也會忍不住想起來。

「我看到了。」

「看到了？」

「看到霞同學跟不認識的女生上旅館的瞬間。」

啊啊……我說出來了。

已經結束了。結束了？什麼結束了？

說到底，我究竟想怎麼做呢？

霞同學承認他劈腿。然後呢？

要原諒他嗎？不原諒他嗎？要分手嗎？不分手嗎？分手後要怎麼辦？我能死心嗎？

明明單戀他長達四年？因為被他劈腿就宣告結束？真的嗎？

啊啊，我已經什麼都搞不懂了。

但現在只能去了解真相。

所以我今天第一次看向霞同學的眼睛。我們四目交接，感覺霞同學的藍色眼眸好像動搖了一下。

「霞同學？」

感覺那樣實在不像平常的霞同學，我不禁如此呼喚他。

霞同學彷彿把這聲呼喚當成暗號一般，緩緩地眨了眨眼，開口說道：

「喔，昨天啊。我的確去了旅館。」

我的眉毛抽動了一下。

霞同學承認了，他開口承認了。

天啊，怎麼會這樣呢？到了現在我才明白。我不禁明白了。

其實我希望霞同學可以否認。

我希望他一笑置之，說那只是我看錯了。

然後我們再兩人一起安排約會計畫，請他吃我親手做的料理。

這麼一來，我一定就能相信，能夠欺騙自己。

但我這樣的願望已經不會實現了。

「咳哼。如果妳看到了，我想妳應該知道……」

看到霞同學露出疑惑的表情，甚至不肯找藉口辯解，我忍住眼淚，說出決定性的一句話。

「你劈——」

「那傢伙醉醺醺的對吧？」

…………………咦？

「假如她看起來像勾著我的手臂，是因為她爛醉如泥了。她可是重得不得了喔。」

霞同學彷彿很疲憊似的搖了搖頭，但我根本沒空在意這個。

不行。我想不起來。

我看到那女生勾著他的手臂，互相依偎地一起走著。這點不會錯。

但我不記得那女生是否喝醉了。

深刻感受到我眼中真的只有霞同學呢。

「因為她在抵達房間前就吐出來了，就算她男友來接她，在衣服洗好前，也沒辦法回家。」

被折騰了一番啊——霞同學這麼說道，嘆了口氣，接著用哀怨的眼神看向我。

「還是說怎樣？我看起來像是飢渴到會撲倒爛醉如泥的女人嗎？」

「怎麼會！沒那回事，但……」

「既然這樣，就表示我說得沒錯啦……哎，但我帶女人去了旅館這點是事實，對方看起來也可能像是緊黏著我不放，不過那只是她幾乎沒辦法自己走路，才靠在我身上而

已。讓妳誤會了，真抱歉啊。」

怎麼辦？我可以相信他嗎？我不知道。

但現在選擇相信他的話，我跟霞同學的生活又會回來了。

我無法抵抗那甜美的誘惑。縱然那是劇毒也一樣。

「……我才該道歉，對不起，懷疑了你。」

「別放在心上。畢竟乍看之下，會產生那種誤解確實也不奇怪吧。」

霞同學輕輕揮了揮手，表示這個話題結束了，但我還是覺得有某些地方無法接受。

回過神時，我已經開口喊停了。

「那個，可是——」

「嗯？」

「如果可以，那個……我希望你不要再跟女生去旅館了。」

「就算妳這麼說，但連計程車都拒載的話，也沒其他地方可以照料爛醉的人吧。也不能給店家造成麻煩嘛。」

霞同學說得沒錯。要論道理，我無法否認這番話。

要論感情，就算丟下醉倒的女生不管，我也不希望他去旅館。

但我不能這麼說。

「說得也是呢……」

所以我只能選擇接受。

把喝醉的女生帶進旅館。

跟我那時一樣——我假裝沒有察覺到這樣的疑惑。

＊＊＊

『抱歉啊。明天約會要取消了。』

「咦？」

『突然冒出了實在推不掉的事情。』

「……這樣子嗎。」

突然的電話與單方面的通知。

也會有這種情況。雖然遺憾，但也沒辦法——我實在沒辦法這麼想。我無法做到以前能做到的事。

「霞同學今天也有飲酒會嗎？」

『對。』

在電話那頭可以聽見遠處傳來的喧鬧聲。

如果有重要的事情要辦，就不該喝酒喝到這麼晚。霞同學一定也明白這點。換言

之，所謂的事情就是那麼回事。

「那個，呃，你下次什麼時候會來我家呢？」

『等我有空吧。』

他冷淡的回應讓我的胸口感到疼痛。

「那個，霞同學。」

『怎麼了？』

「那個，我們是在交往，沒錯吧？」

『啥……？妳突然在說什麼啊？妳感到不安了嗎？』

「呃，那個……」

『沒問題的，還是說妳沒辦法相信我？』

「不……我想相信你。」

『那就行了吧，我也有好好考慮到妳的事情啦。』

「…………」

『怎樣啦？還有什麼事嗎？』

「——沒什麼。」

跟平常一樣的語調，跟平常一樣的態度。腦海中冷靜的我低喃著：「霞同學就是有這種粗魯的地方吧。」明明知道是這樣，我卻在那番話中幻聽到他的不悅，結果什麼也說不出口。

『是嗎？那拜拜啦。』

眺望著表示通話已結束的畫面，拚命壓抑住彷彿會湧現出來的感情。

我其實擔心得不得了。好想問他是不是又要跟我以外的女生一起去喝酒。

但就算我那麼問他，霞同學一定也會像平常那樣回答「不是」吧。無論那是事實或謊言。

希望他跟女生去喝酒時可以先告訴我。可能的話，希望他不要跟女生單獨相處。

我鼓起所有勇氣這麼告訴他了。霞同學乾脆地回答：「我知道了。」讓我覺得有些沒勁。

然而霞同學根本沒有遵守約定。

他只會嘴上說說，我無法再相信他了。明明想相信，他卻不讓我相信他。

好痛苦。我覺得痛苦不堪，十分難受。

為什麼我必須受到這種折磨？

我明明只是希望談一場普通的戀愛。

所以我今天也將掉落的淚水化為蜘蛛，派到霞同學那邊。

最近一次能使喚的蜘蛛數量、能派遣的範圍和距離，都一天比一天更多更廣。現在甚至能夠讓蜘蛛隨時監視霞同學。

「……騙子。」

從蜘蛛那邊傳來比以往更加鮮明的影像和聲音折磨著我。

不看就行了。不聽就行了。明明如此，我卻無法閉上雙眼，也無法摀住耳朵。

簡直就是在自我傷害。

忽然想起在大學課堂中學過自傷行為的機制。

割腕與馬拉松似乎很相似。無論哪邊都是一開始覺得痛苦難受，但大腦為了忍耐過度的負擔會分泌一種腦內物質，疼痛會因此漸漸舒緩下來，最後會籠罩在高揚的情緒中。也就是所謂的跑者嗨(Runner's High)。

那麼，這種痛苦有一天也會消失無蹤嗎？

我實在不那麼認為。

『你最近變得比較好約了呢。』

『啊？是嗎？』

『與其說是變得好約，不如說是回到以前那樣？』

『沒那回事吧。』

『你該不會是之前有女友？』

『不是啦。』

『咦～你之前一定有女友啦～！我在這方面的直覺可是很敏銳呢。』

『我怎麼可能交那麼麻煩的東西啊。』

『哇，霞，你真差勁～』

『對對，我最差勁了。話說明明有男友，卻跟我跑來這種地方的妳又怎麼樣啊？』

『嗯～該說覺得有點膩了嗎～果然太正經的男人不行呢～』

『那為什麼要跟他交往啊？』

『因為他長得帥嘛。而且感覺不管我說什麼都會百依百順。』

『妳怎麼好意思挑我毛病啊……』

『對了！欸欸，霞，要不要跟我交往？』

『哈，妳開玩笑的吧。』

『霞，你太過分了吧～？』

『話說我跟妳交往絕對撐不了多久吧，頂多一星期。』

『是嗎～說不定意外地順利呢。』

『為什麼啊？』

『因為如果是我，就算你跟其他女生玩，我也不會說什麼～霞也一樣，不管我跟誰玩，都不會說什麼對吧～？』

『啊……哎，是啊。』

『啊！果然沒錯。霞，你碰了束縛系的女生啊。』

『妳這傢伙……』

『要怪你這麼輕易就上當嘍～』

『很好～妳膽子很大嘛。妳應該做好覺悟了吧？』

『呀啊～』

蜘蛛看著兩人伴隨那裝模作樣的哀號倒向了床上。

＊＊＊

搖搖晃晃，往這邊往那邊。

搖搖晃晃，往這邊往那邊。

模糊的人偶愈來愈遠。

「■誰！有■■人■啊！」

一、二、三、四、五、六、七、八。

一、二、三、四、五、六、七、八。

卯足全力，追趕上去。

「呼……呼……！對……■了，報……■警。」

啾啾啾啾。

啾啾啾揪。

吵鬧的人偶。

「為什■！為■麼打不■啊！」

飛來了四邊形的板子。

我伸手接住。

失敗。壞掉了。

「噫！」

轉啊轉啊轉圈圈轉圈圈。

轉啊轉啊轉圈圈轉圈圈。

我還能繼續繼續繼續跑喔。

「怪■！■物怪■怪■！別■近■！」

你追我跑真快樂真好玩。

你追我跑真快樂真好玩。

討厭。

「■■啊！誰■！救■■啊！霞！」

抓到了。

牢牢地緊緊抓住。

牢牢地緊緊抓住。

「■■啊■■啊啊■■■啊■啊■■■啊■啊■■■■■■■■！」

不會讓妳逃掉不會讓妳逃掉不會讓妳逃掉。

不會讓妳逃掉不會讓妳逃掉不會讓妳逃掉。

絕對不會。

「好痛，■痛！對不■對■起■不■！不要啊啊■■■！」

不會原諒妳不會原諒妳不會原諒妳。

不會原諒妳不會原諒妳不會原諒妳。

絕對不會。

「唔■。嘎■。■啊。■。■。■。■…………■■■■■■嗚啊——」

呵呵呵呵呵呵呵呵呵呵呵呵呵呵。

哈哈哈哈哈哈哈哈哈哈哈哈哈哈。

動也不動了。

＊＊＊

平安夜。

約定的時間已經過了一小時以上，但我仍然一個人站在這裡。

這證明了一切。

漸漸覺得周遭人都在笑我。這是錯覺。我知道的。說到底，根本沒有人會在意平安夜被爽約的女人。大家都忙著跟自己的伴侶度過幸福的時光。

我目不轉睛地注視著只有簡單一句話的聲明，以及「能去再跟妳聯絡」這種曖昧又不可靠的文字。

被放鴿子的自己十分悲慘，還抱有期待的自己更加悲慘。

我明白的。我必須承認才行。但那看起來簡單，卻非常困難。明明不能相信，卻想要相信。

啊啊，對霞同學而言，我究竟算什麼呢？

我早就知道答案了，但我害怕承認。

在我對縮短不了的距離感到死心，只是從遠方眺望的生活中，霞同學走近我身邊。

感覺好像觸手可及。

雖然知道那是錯覺，但我無法承認那只是一場讓我滿足的美夢。

所以這次換我跑了起來。

我不斷奔跑，拚命奔跑。

結果還是無法抵達霞同學身旁。

我終於跑到喘不過氣了。

這就是我的末路。初戀的結局。

雖然有句話說初戀不會有結果。但我明明不希望變成這樣的。

可是，我已經累了。

「嗨，午安。該說晚安嗎？…………咦？百目鬼同學？喂～」

對方像要擋住手機畫面一般揮動著手，因此我無奈地抬起低下的頭。

「喔喔……不可能沒事吧……」

「……阿久戶同學？」

「啊，太好了。妳好像回神了呢。」

我不是很懂他在說什麼。老實說，我現在沒心情跟別人說話。更何況是我不擅長應付的對象。

「你在平安夜找人搭訕嗎？還真有精神呢。」

我吐出帶刺的話語，想迅速地趕走他。

「不不，這不是搭訕啦。」

「不巧的是我正在等男友，所以我拒絕。」

「我知道喔。」

阿久戶同學露出苦笑。

「霞不會來對吧？」

「他只是稍微遲到而已。」

「我稍早之前就一直在觀察了……別那樣瞪我嘛。」

「嘲笑悲慘的女人這麼有趣嗎？」

這是在遷怒。我明白的。但我無法阻止自己。

這種態度被討厭是理所當然的。明明如此，阿久戶同學卻看似悲傷地蹙起眉頭。

「對不起喔。」

然後他接著用嚴肅的態度一臉過意不去似的向我道歉。

「雖然我來道歉可能也沒有意義啦。」

那是打從心底感到為難的無力笑容。

「那你為什麼要道歉？」

我明白的，是我讓阿久戶同學擺出這樣的態度。但現在就連他代替霞同學道歉的模樣，都讓我感到惱火。

「嗯～哎，因為我跟他算是有一種孽緣吧。」

他搔了搔臉頰，感到傷腦筋似的這麼說道。

我早就知道這個人並沒有惡意。但現在他讓我感受到我跟霞同學之間並沒有那種情

誼，他這種行為毫無自覺地傷害了我的心靈。

「……你用不著道歉。所以請你別管我了。」

我勉強擠出了這句話，將臉撇向一旁，但阿久戶同學卻不肯放著我不管。

「哎呀，那樣有點說不過去吧。」

阿久戶同學的手指觸摸我的臉頰。我揮開他的手，反射性地拉開距離。

你做什麼——我本想這麼大叫，但他那副我從未見過的認真表情讓我發不出聲音。

「妳都凍成這樣了，我怎麼能放著妳不管呢。」

「這跟阿久戶同學你沒有關——啊，慢點！」

他拉起我的手。他明明身材纖瘦，力氣卻出乎意料地大，我沒辦法甩開他的手。

總之，先到能取暖的地方——他這麼說並帶我前往的地方是飯店裡面的餐酒館。這可不是能在平安夜突然上門光顧的地方。

正當我心想他打什麼算盤時，發現阿久戶同學似乎有預約……這是怎麼回事？他打從一開始就打算這麼做？倘若如此，這還真是卯足了幹勁的搭訕。

「真希望妳別那麼提防我呢。」

像在苦笑的阿久戶同學為了表示清白，舉起雙手露出掌心。

「這表示我也跟百目鬼同學妳是類似的狀況喔。」

「……這話什麼意思？」

「就是被戀人突然爽約了。哈，哈哈哈……」

他無力地笑著，感覺從他身上散發出引人哀愁的氛圍。點綴著店裡的爵士樂聽起來十分悲傷。

「而且妳想想，難得都預約了，要取消實在很可惜吧？」

阿久戶同學像在開玩笑似的這麼說了。他似乎想把這件事當成笑話，但即使是沒什麼交情的我，也能看出他有點在勉強自己，讓人如坐針氈。

「你的意思是我們同為喪家犬，乾脆一起互舔傷口嗎？」

「妳說得真難聽啊。」

阿久戶同學看到我的表情，彷彿鬆了一口氣地笑了。

「……哎，算啦。」

「？」

我不懂什麼可以算了，疑惑地歪頭，於是他又笑了。

咦？為什麼？

雖然有些在意，不過仔細一想，「阿久戶同學為什麼在笑」這種事根本無關緊要，因此我決定不放在心上了。

阿久戶同學似乎意外地有挑店的眼光，這間店提供的料理，無論是哪一道都很好吃。他似乎也不打算把我灌醉然後對我怎麼樣，不會硬推我喝酒。

我變得會自然地提防起這種事，該笑還是該難過呢？

「妳用不著勉強自己喝酒喔。」

「咦？」

「奇怪？我弄錯了嗎？對不起喔。」

被他發現我不禁露出了像在自嘲的笑容。為了掩飾過去，我換了個意味深遠的笑容，這麼詢問：

「因為有很多種類，讓我猶豫不決。你推薦哪一種呢？」

「像是柑橘類和莓果類，還有咖啡吧。妳想喝哪一種？」

「唔——」

他的回答出乎我的意料。跟霞同學首次帶我去酒吧時一樣的台詞。

說不定這根本沒什麼特別，只是很普通的詢問喜好的問法。

但這番話對我而言，是有一點特別的台詞。

「咦？……啊，該不會……抱歉。」

我忍不住把胸口的痛楚表現在臉上，於是阿久戸同學這麼向我道歉了。

其實他根本沒必要道歉。是我不好。但喉嚨像是卡住了一樣，發不出聲音，我只能拚命地左右搖了搖頭。

阿久戸同學沒有再多說什麼，只點了一杯雞尾酒。

然後像是要推薦給我一樣，放在桌上的是裝在高腳玻璃杯裡的白色雪酪。

「……這是？」

「霜凍瑪格麗特，很有意思吧。別看它這樣，它也是不折不扣的雞尾酒喔。」

我輕輕含在嘴裡，它便像融化般的消失了。無論外觀或口感都很有趣。

「雖然好喝，但這應該是會在夏天喝的雞尾酒吧？」

「沒那回事喔。妳想想，就像是在開了暖氣的房間裡吃冰淇淋一樣啊……但我也不否認它在夏天很受歡迎啦。」

「呵呵。」

因為他的藉口實在太誇張，我不禁笑出來。笑出來後才發現自己笑得出來。

該不會這就是他的目的？

應該說阿久戶同學眼尖得出人意料。

就連自己都沒注意到的微小反應他也會一一仔細地捕捉到，還會配合那些反應來誘導話題。明明是摯友，但他在這種地方跟霞同學截然不同。

想起霞同學的事情，胸口又開始刺痛起來……沒事。我緩緩地呼吸並抬起視線，只見阿久戶同學露出了像是有點擔心，但又想說自己束手無策般的曖昧苦笑。

似乎又被他發現了。

因為現在的我表情會蒙上陰影的原因只有一個，或許這也是無可奈何，但感覺像是

不管什麼事都被看透了一般，讓我有點不滿。

就連我這樣的內心變動都顯而易見嗎？他這次感到滑稽似的笑了。不管怎麼說，他都敏銳過頭了吧？

「哈哈！不，抱歉，抱歉。」

「我這麼好懂嗎？」

「很難說吧？我想應該沒那回事，但我好歹是妳的前同班同學，比起陌生人更了解妳也沒什麼好奇怪的吧。」

「說是前同班同學，我們也沒有多深的交流不是嗎？」

「是嗎？我覺得光是前同班同學就很充分了。」

阿久戶同學打從心底感到不可思議的樣子。跟誰都能變得要好的人就是這樣，很難應付。

我像是要掩飾嘆息般啜飲著酒。

「嗯～我最後也喝點什麼好了。」

阿久戶同學點的是叫做ＸＹＺ的雞尾酒。總覺得這名字很耳熟，但等到雞尾酒送上來後，我才清楚地回想起來。

「好像是『沒有比這更好的東西』嗎？」

在跟霞同學前往的酒吧裡，兩人一起喝過的回憶中的雞尾酒，讓學不乖的我又嚐到苦澀。我不禁露出苦笑。

「妳真清楚呢……呃，且慢。我沒那個意思喔。」

「咦？」

「嗯？」

他突然一臉慌張地否認了什麼，但我不是很懂。看到這樣的我，阿久戶同學也露出疑惑的表情。

先察覺到的是阿久戶同學。

「啊，啊……沒事，妳別在意。」

「聽你這麼一說，反而讓人更加在意耶。」

「哎，說得也是。沒什麼，只是有點小誤會。百目鬼同學知道雞尾酒有酒語嗎？」

「類似花語那樣嗎？」

「嗯。總之就是有酒語這種東西……XYZ的酒語就類似求婚的台詞呢。」

「哦……順便問一下，它的意思是？」

「永遠屬於你。」

原來如此，這的確是求婚啊。也就是說，那一天我算是跟霞同學互相求婚了嗎？但在僅僅一瞬間關係就面臨崩壞的現在，那天的事情實在過於諷刺，反倒讓人覺得好笑。

「我本來以為是不是讓妳誤會了，但大概不是那樣——」

阿久戸同學在這邊停住了，是因為察覺到那是霞同學愛喝的雞尾酒嗎？我並不是想責備他，再說他要是因為這種事情連飲料都不好意思喝的話，我也很為難，所以我不提那件事，配合他說的話接了下去。

「那這個的酒語是？」

「霜凍瑪格麗特的酒語是『打起精神來』……」

「喔，所以你才點了這個啊。」

可以理解了。我一個人這麼點頭時，發現阿久戸同學難得露出苦澀的表情。

「怎麼了嗎？」

「……這應該是被發現會很難為情的事情吧？」

「唔呼，啊哈哈！」

他會在意這種事情讓我莫名地感到滑稽，不禁笑出聲來。

「多謝招待……我真的不用付錢嗎？」

「嗯。反正就算取消，因為是當天了，也得支付全額。甚至可以說幸好有百目鬼同學，才沒有浪費這筆錢呢。反倒是我該向妳道謝，謝謝妳陪我來。託妳的福，我才不至於淪落到一個人孤單地度過聖誕節。」

「…………叫我雲母就行了。」

「咦？」

「我其實很討厭自己的姓氏。」

阿久戸同學有些驚訝似的瞠大雙眼，接著立刻露出笑容。

「雲母。」

「是。」

「妳也叫我智也就行嘍。」

「呃，那有一點——」

「為什麼啊！」

「呵呵，我開玩笑的，別當真。」

像在揶揄般幼稚的對話。如果對象是霞同學，因為怕被他討厭，根本不敢這麼說。

我牽起智也同學的手。感覺比霞同學單薄一些。

「雲母……？」

「走吧。」

「啊，嗯。」

拉起他的手後，我立刻察覺到。

「哪邊？」

「咦？什麼哪邊？」

異常敏銳的他反常地露出困惑的表情，這讓我感到十分愉快，稍微顯露出嗜虐心。

「旅館，你應該有訂房間對吧？」

「這，哎，是沒錯啦……」

他真是優柔寡斷。如果是霞同學，根本不會感到迷惘。

「你應該預訂了很棒的旅館吧？要取消太浪費嘍。對吧？」

「………可以嗎？」

「呵呵，真奇怪呢。明明是我在邀請你。」

他還在猶豫，這就是所謂的草食系嗎？

「我們要互舔傷口對吧？」

我這麼向他耳語，於是智也同學稍微思考一下後，點頭同意了。

「智也同學……？」

有人動來動去的氣息讓我醒了過來。

「啊，對不起喔。吵醒妳了？」

只見智也同學急急忙忙地穿上衣服。

「嗯，是無所謂啦……你在做什麼？」

「有人找我出去。我已經付完費用，妳可以悠哉地睡到退房為止喔。」

「你要走了嗎？」

「對不起喔。」

我為了挽留他而伸出去的手撲了個空。

「……哈哈，哈哈哈。」

只能笑了。

在沒有任何人的豪華房間裡，我一個人邊哭邊笑。

「反正是真命天女找他出去了吧……？」

結果我還是孤單一人。沒有任何人陪伴在我身旁。

我覺得好寂寞。好辛酸、好痛苦、好難受。

雙眼明明流下淚水，嘴巴卻擅自笑了起來。

「欸，霞同學，我不明白。」

自覺到自己在自暴自棄。

「劈腿有這麼好玩嗎？……只讓人覺得難受不是嗎？」

他觸摸的方式跟霞同學不同，感覺很噁心。

傳遞過來的溫度與氣味跟霞同學不同，感覺很噁心。

覺得自己變得非常骯髒。明明如此，沾染在身體上的汙泥此刻卻也讓我感到安心。

「啊哈。簡直莫名其妙。我壞掉了喔，霞同學。」

＊＊＊

「欸，霞同學。為什麼你前天沒有過來呢？」

我很久沒見到霞同學了。他之前明明很頻繁地來見我，但從我懷疑他劈腿那天起，他就慢慢地開始對我避而不見。

我有重要的事要講。

我這麼告訴霞同學，他才總算願意見我。

「我說過了吧。因為工作上的事情有點糾紛。」

霞同學又說謊了。就連謊言都是隨口胡扯。

我知道他突然取消跟我約會，在聖誕派對上和其他女生搞在一起。

為什麼？為什麼？為什麼？為什麼？為什麼？

為什麼啊？你打什麼主意？

——我已經什麼都不懂了。

「那是騙人的對吧？」

「天曉得？要判斷真偽的人不是我。」

「你為什麼要像這樣一直撒謊呢？」

「我都說不是謊言了吧。」

看吧。他甚至已經懶得掩飾謊言了。霞同學也知道不可能用這種理由敷衍過去。他現在就是那樣的眼神，冷淡無比的視線彷彿會讓人凍結一般。

「為什麼？」

好冷。明明是開了暖氣的房間，卻冷得讓人受不了。

雙眼滲出淚水，視野模糊起來。無法看清楚我最喜歡的霞同學的臉。

「什麼為什麼？」

「為什麼呢？」

承擔不住的感情、雜亂無章的思考，我無法將這些順利化為言語，只能吐露出笨拙的疑問。

「唉……我不懂妳到底想說什麼啦。要是有話想說，就清楚說出來啊。」

他冰冷又生硬，感覺很不悅的聲音讓我的淚水溢出。

那聲音沒有以前確實曾經存在過的溫暖。再也聽不到最喜歡的聲音這件事，讓我悲痛欲絕。

「我做錯了什麼嗎？」

「天曉得，這也不是應該怪誰的問題吧。」

「究竟是哪裡不行呢？」

「純粹是我們價值觀不合。就只是這樣罷了。」

價值……觀……？

我不知不覺地發出低喃。

「我討厭被人束縛，而妳打算綁住我。」

「我希望你不要跟其他女生兩人獨處，不要做些讓我感到不安的事情，是那麼過分的要求嗎？」

因為這是很普通的要求吧？

交往不就是這麼一回事嗎？

明明如此。

「我不曉得一般人覺得怎樣啦。只不過對我來說那是很難接受的事情，就只是這樣而已。」

啊，沒錯。

我早就知道了。我明明早就知道了。

霞同學很特別，所謂的特別就是不普通。

我甚至忘了這麼理所當然的事情。

「說到底，所謂的炮友應該是更加輕鬆，方便互相利用的關係才對吧。」

炮……友……？

「唉……算啦，雖然我早就猜到了。」

像是感到傻眼，又像是感到疲憊。霞同學發出這樣的嘆息，現在的他看起來好遙遠。

那算什麼啊……

那不是真的吧？因為我們應該在交往才對，我們應該是情侶。

如果從這邊就已經出錯的話，到目前為止的時光究竟算什麼呢？

啊，不過。

對了，的確是那樣。我一次都沒有從霞同學口中聽說過「我們在交往」這樣的話。

倘若如此，表示這就是那麼一回事。

但我無法承認，這一切竟然都是我自以為是的誤會。我絕對無法承認這樣的事情。

「再說我也不懂妳為什麼會這麼執著於我。」

「那當然是因為我喜歡你吧……？」

為什麼他連這種事都不懂呢？

「只不過是抱有好感的程度稱得上喜歡？」

「請你不要說什麼只不過！」

「……哎，這表示就這層意義來說，我們的價值觀也是合不來啊。」

我感受到我跟霞同學之間存在著過於巨大的隔閡。

居然會以為說不定觸手可及，那只是我的誤解罷了。這就像是從懸崖對面伸出手一般。夢境終究只是夢境，而且所謂的夢境是總有一天會醒來的東西。

什麼啊。就這樣啊。

雙眼擅自讓淚水溢出，喉嚨擅自發出了嗚咽。

但現在就連這種事情都無關緊要了。

嗯，不過啊。我稍微清醒了。

「霞同學。」

「……嗯。」

「我們分手吧。」

「說得也是。」

分手的台詞十分乾脆，我的聲音冷靜到自己都有點意外。

哎，就是這麼回事吧。這世上本來就充斥著一堆誤會和誤解。

一定是那樣沒錯。絕對是那樣。必須是那樣才行。否則我不會承認。

明明如此。

「那拜拜啦。」

「等一下。」

明知道沒有未來，就算這樣我還是喜歡霞同學。所以明知道不行，還是試圖挽留。

對，沒錯。我察覺到了。

其實我根本不想分手。我又想要像平常那樣欺騙自己，委曲求全。

霞同學不肯回過頭來。

我早就知道了。

但他握住門把的手停了下來。

霞同學在猶豫。

雖然只有一下子。但他的確感到猶豫了。

該怎麼說呢。這不是我要的啊。我並不希望如此。

我期盼他不要表現出任何留戀。會讓我覺得可能還有希望，想要哀求他。既然要分手，期望他不要留下任何一絲希望。既然要騙我，希望他能完美地欺騙到最後。祈求他這麼做。

但是，既然你做不到這些事。

其實我不想這麼做的。

我感受到雙手的重量，高高舉起。

——既然你做不到，就閉上嘴服從我吧。

往下揮落的手在不知不覺間握住了鐵鎚。

我伸出無數觸手來代替空不出來的雙手，纏繞住倒落的霞同學，將他攬入懷裡。

呵呵。呵呵呵呵呵。

這樣一來，霞同學就屬於我了。我不會交給任何人。

DOKUZU

Cupid ga tenshi toha kagiranai

邱比特未必是天使

「我覺得別碰她比較好。」

雖然我有女友就是了。

因為我一邊這麼心想一邊聽霞說話，所以他提到雲母的名字時，我不禁誠實地說出了意見。可以明顯看出霞大吃一驚。

「啊，不，你想想嘛。百目鬼同學好像很受歡迎。我實在高攀不起，對吧？再說要是遭到其他想追百目鬼同學的男生嫉妒，也很麻煩嘛。」

說出那些話的我本身也大吃一驚。

我表現出顯而易見的演技，無法澈底隱藏那種態度。我知道只要像這樣講些笨拙的藉口來掩飾，霞也不會深入追究。我可不是白白跟他認識了這麼多年。

「哈，你居然會在意那種事情啊。你那樣一輩子都交不到女友喔。」

看吧，這種時候霞會一笑置之。

「是那樣嗎～」

「就是那樣。」

這下這個話題就結束了。

啊啊，但我真的慌了一下。要是霞胡思亂想，打算把雲母塞給我的話，好不容易做好的準備就泡湯了。霞會在奇怪的地方多管閒事啊。

百目鬼雲母。

我認為她是個漂亮的女生，但同時也不想靠近她。硬要形容的話，她就像蜘蛛。會準備周全地布下陷阱，絕對不會讓捕捉到的獵物逃掉。第一眼看到她時，我就感受到她散發出這種氣質。

話雖如此，但我絕非討厭她。只要保持適當的距離與她相處，也不認為她有什麼害處。

所以縱然有許多男生私下暗戀雲母，我也只覺得他們真是傻瓜。只要跟我無關的話題，我就能事不關己地看待。

因為雲母單戀著霞。

跟雲母愛慕霞的熱情程度相比，那些路人甲男生的淡淡思慕根本不可能傳遞給她。只會像把火柴丟進岩漿一般，燃燒殆盡而已。

儘管關於她的事情我知道得並不多，即便如此，也不是一無所知。

雲母沒什麼朋友。她基本上是那種無論對誰都會以禮相待的人，同時也是那種會明確劃分出界線的人。就我所見的範圍，她似乎沒有能夠敞開心房的對象。某種意義來說跟我很相似，讓我有種親近感。

所以她經常表現出一視同仁的態度。照理說是這樣。明明如此，卻只有看向霞的視

線明確地不同。

看吧，她現在也是裝作在看書的樣子，但注意力都集中在霞身上。證據就是她有時會從書本中抬起視線，偷看這邊。

我們有一瞬間對上視線，但她立刻移開了。

甚至能感覺到那視線在眨眼時蘊含著敵意，讓我覺得有些舒適。不，這絕對不是因為我是被虐狂。

雲母大概沒有自覺到那就是被稱為嫉妒的感情吧，這令人感覺非常溫馨。最重要的是，那證明了她對霞抱持著類似獨占欲的執著心，同時也證明我做的準備至今仍然發揮著作用。

準備。沒錯，就是準備。

初次看到她並感受到她那種特質的時候，我忽然浮現了一個想法。

把雲母跟霞湊在一起的話，應該會變成很有意思的狀況吧？

霞跟雲母的戀愛觀絕對合不來。霞只把戀愛當成是打發時間的遊戲，雲母則是會強烈地執著於一個對象。他們不可能合得來，彼此沒有交集的認知一定會變成有趣的劇目。我如此確信。

那會是多麼有趣的喜劇呢？無論是霞的自私勝出，或是雲母的執著獲勝，不管演變成什麼情況，都很有意思。

我想觀賞看看。

一旦有了這種想法，我就沒辦法阻止自己。無法反抗自己的本性，屈服於靈魂的欲望。

從以前就是這樣。一發現火種就想用它來引起騷動，然後坐在特等席看戲。

這種本性一定一輩子都改不了吧，畢竟我本身並不討厭這樣的自己。

對雲母感興趣並試著觀察她後，我立刻明白了。

縱然擁有的力量不同，雲母也跟我的女友一樣，是非人類的存在。

好幾次目擊到雲母一邊在意他人的眼光，一邊偷偷地對蜘蛛說話的模樣。如果只是這樣，就類似跟花草說話一樣。只會覺得她是有一點奇特的女生。

但如果被搭話的蜘蛛會服從雲母的指示，就另當別論。

正好知道我女友這樣的例子，所以即使擁有的力量不同，我也能夠確信雲母是非人類的存在。

這下很值得期待，就連我也沒觀賞過人類與非人類的戀愛。啊，當然我跟女友的關係是例外，畢竟只有這段關係我也沒辦法只當個觀眾嘛。

所以我很期待這樣說不定會變得更有趣。

明明如此，霞卻總是不照著劇本走，雖然他這樣才夠格當我挑選出來的主角。

在樓頂與獨自沉浸在悲傷中的少女相遇，陪她商量煩惱。明明演出了這種感覺就像

是有段故事即將展開的相遇，沒想到他竟然忘得一乾二淨。他太過習慣這種事了，而且留下的還是覺得雲母很陰沉的印象，實在非常棘手。

為了不被雲母發現，我每天小心翼翼觀察她，然後察覺到她樣子不太對勁，預測她會去的地方，假裝要跟霞約在樓頂碰面，把他叫了出來。

一想到之前耗費的工夫，就忍不住想嘆口氣。哎，但也只能看開，把這些事情當作是投資的一環，是為了享受更加有趣的戲劇。

再說也並非都是些壞事。

雖然沒辦法讓霞對雲母感興趣，但如同我的計畫，雲母對霞產生興趣了。而且是以更加自然的形式。

在對方心靈脆弱時趁虛而入，讓她墜入情網的做法就短期來說大概比較精彩有趣，但現在可以清楚知道像雲母這樣的類型，讓她多花上一些時間成本會更有效果。

我本來就是比較有耐心的人，最重要的是我無論何時都同時準備了好幾個感覺能讓事情變得更有趣的火種。只要一邊享受這些樂趣，一邊等待機會到來就行了。也多了一些緩衝時間可以仔細調查關於雲母的事情。以結果來看，甚至可以說幸好是這麼發展。

一般來說，人很容易去依存自己扮演的角色。例如監獄實驗就是很好的例子。

在單親家庭中長大的人，為了填補空缺的位置，很容易要求自己扮演某個角色。當然也有例外吧，但以雲母的情況來說並不符合。

所以雲母一定打算扛下父親本來希望母親扮演的角色。

如果身邊有像霞這樣無論好壞都脫離常軌的人，就很容易忘記，但一般來說，人很難逃離渴望別人關注自己的欲望。如果對象是家人就更不用說了。有些人會學壞走偏，就是因為即使是以挨罵這種形式，也希望別人關注自己。

儘管如此，雲母還是沒有選擇那樣的道路。她選了提昇自己的評價這條路，應該是因為她本性善良吧。

但就算那樣，還是沒有得到關照。她的家庭環境實在不能說是美滿。

所以她才會陷入絕望。執著於父親，渴求愛情，卻得不到關愛。沒有被消除的欲望膨脹得愈來愈大。

無論是以什麼方式，在這時垂下蜘蛛絲給她的人是霞。即使那對霞而言只不過是一時心血來潮，但會從中感受到什麼，經常都是看接收的那方怎麼想。

不出所料，雲母將喪失的執著矛頭轉向霞。

真是個笨女人，完全中了我的圈套。

之後就簡單了。只要不斷散布關於霞的傳聞，讓那些消息可以自然地傳入雲母耳中就行。

一般來說，比起直接從當事者口中聽到的情報，人們更容易把聽來的間接情報照單全收。其實沒有比有第三者介入的情報更難判定真偽了，但無論是誰都想相信自己辛苦

打聽、付出勞力獲得的情報才是事實吧，所以這也無可奈何。大家都不喜歡徒勞無功。

雲母名為戀慕的執著心，像這樣變成更深、更濃的感情。

只要有一個契機，故事就會揭開序幕了吧。

不過時機實在很不湊巧。

除了那次相遇的安排以外，我也嘗試過各種手段，但大多以失敗告終。幾乎都要怪霞，我也因此被吊了胃口兩年。

雲母的執著不會因為這種程度的歲月就喪失。這是她本身的特質，同時也是我用了一些手段讓她繼續執著於霞。

但結束的時間因為其他理由逼近了。

很遺憾的，我並沒有像霞那樣超凡脫俗的強大能力。

雖然女友對我的評論是「明明是人類卻比怪物更像怪物」，但我認為真正的怪物是指像霞這樣的傢伙。

所以我不努力準備考試的話，就理所當然地無法考上大學。

而且這點也可以套用在除了我之外的同學們身上。

我只是個普通的人類，沒有上帝視角這種方便的東西，只能透過聽別人發牢騷或放閃來看戲。不只是直接聽本人說，也經常聽到從當事者的朋友那邊流傳過來的八卦。

但大家現在沒那個餘力。熱烈地討論戀愛話題的氛圍變淡許多，大家都變得比較自重。當然還是有人在談戀愛吧，不過他們也都避免露骨地放閃，偷偷摸摸地隱藏起來。

所以就算他們現在演出有意思的戲劇，我能充分享受的可能性也很低。

那樣太浪費了，我辦不到。我可是已經投資了兩年。所以只有現在，我會阻擾霞對雲母產生興趣。

而且因為這種狀況，也存在有趣的副產物。

——就是雲母誇張地有異性緣。

「請跟我交往。」

某天放學後，為了避免穿幫，我小心地觀察被找出去告白的雲母。

好啦，會有什麼結果呢？

別看我這樣，我可是很歡迎演員即興表演。如果他們要扯斷我的操縱線，我認為那樣也不錯。

所以雲母要接受告白的話，我也無所謂。

把她跟霞湊在一起一定比較有趣吧，所以會覺得有些遺憾，但我打算尊重她的意思。再說那樣也是有其他方式可以享受樂趣。

「對不起，我沒辦法跟你交往。」

「為什麼？」

「因為我不認識你，就算你要求我跟你交往，我也很難答應。」

「不能等交往之後再慢慢認識彼此嗎？」

「對我而言，所謂的交往是基於彼此的信賴關係。我認為試用期什麼的對彼此來說都很失禮。」

她很果斷地拒絕。

嗯，哎，雖然早就知道了，但她似乎完全沒有要接受的意思。儘管她表情扭曲像是過意不去的樣子，但大概只是裝出來的。感覺她只是認為這樣比較能和平收場。我反倒覺得告白的男生實在可憐又悲慘，有點好笑。

話說回來，該怎麼說呢？應該說她想得太美好嗎？要用比例來說的話，這世上從兩情相悅開始發展的戀愛明明是少數派吧。

如果她只是當成單純的婉拒台詞而使用倒還好，但感覺她是認真這麼想，這彷彿會變成以後產生誤會的原因，真令人期待啊。

「等一下！」

「呀啊！」

「那個……」

喔，狀況急轉直下。失戀的男生抓住了背對自己準備離開的雲母手腕。

「抱歉，但我沒辦法那麼輕易地死心。」

雲母垂下眉尾，露骨地表現出為難的樣子。失戀的男生還不肯罷休。縱使雲母一臉困擾的模樣，她也沒有粗暴地甩開對方的手，男生的行動感覺會愈來愈誇張。仔細一看，雲母看起來也像是感到害怕的樣子。

差不多是時候了嗎？

「好啦，到此為止～」

啪——我拍響一下手，吸引他們的注意力並登場。兩人猛然轉過頭來。

「總之，你先放開手吧。」

好啦，雖然實在非我本意，但我常跟霞一起行動，所以無論好壞，我的長相與名字都在校內眾所皆知。他似乎也認得我，表情緊繃起來。

哎呀，我又不是霞，不會突然動手揍人啦。

他握住雲母的手鬆開了。雲母趁機跟他拉開距離，也跟我保持距離。

嗯～我們姑且算是同班同學，真希望她別這麼提防我啊。不過這也沒辦法，我儘量避免過於露骨，若無其事地確保能夠掩護雲母站的位置。

「先說聲抱歉。我本來不打算偷聽的，但正好在路過時聽見了。」

「啊，不會……」

失戀男生一臉尷尬地移開視線。

如果要描述他的內心，大概就是「搞砸了……」吧。既然如此，只要給他一個逃避

的藉口，他應該會順著台階下。

「還有，你今天就先撤退吧。雖然我只有聽見片段，但你的聲音聽起來有點不太冷靜。你該不會打算霸王硬上弓，對她怎麼樣吧？」

「我、我知道了……百目鬼同學，抱歉。」

如果他打算繼續糾纏下去，我也會採取相對的措施——我透露出這樣的言外之意，於是失戀男生低頭道歉後，逃離了現場。

對不起喔。就算我再怎麼歡迎演員即興表演，但臨時演員的失控還是ＮＧ。如果他出了這麼大的包，還有那個活力追求雲母的話，讓他升格成配角也不無可能……哎，但我想不會發生那種狀況吧。

「抱歉。多虧有你，得救了。」

「不會不會，為什麼百目鬼同學要道歉呢？不管怎麼想，都是那個男的不好吧？」

「……謝謝你幫了我。」

她很討厭我呢，就連只是口頭道謝都有點糾葛耶。

「不客氣。哎呀～話說回來，百目鬼同學真受歡迎呢～」

「哎，說得也是呢……」

「妳不是很高興？」

「雖然不是想被人討厭，但這麼頻繁的話，有點……」

雲母有些疲憊似的含糊其辭。

反正她根本不打算接受，明明無視就好了。或許之後會有人在背地裡說她壞話，但跟被人用蠻力危害的風險相比之下，哪邊算好一點呢？反正肯定有人會因為被甩的反作用變成黑粉吧。

「這種事常發生嗎？」

「怎麼可能。一般人只要被拒絕，就會很乾脆地離開。」

「這樣啊。哎，一般是這樣呢。」

會這麼誠懇地一一聆聽告白再拒絕，是因為雲母在本質上是善良的嗎？

霞也是有人找他就一定會赴約。

如果是我……啊，嗯。會去呢。這好像跟善不善良沒有關係。

「唉……我看起來很好拐的樣子嗎？」

雲母摻雜著嘆息這麼低喃。竟然會對我這樣示弱，看來她真的有些受不了啊。

「我想應該沒那回事。」

「但我看起來像是個被不是很熟的對象告白，也會點頭答應的輕浮女生對吧？」

「不，我想不是那樣的喔。」

「那麼原因是？」

我稍微思考起來。

好啦，該怎麼辦？

要回答雲母的疑問並沒有多困難。我可以想到好幾種模式，甚至還能說明剛才那個男生屬於這些模式中的哪一種。

問題在於就算回答了，也沒辦法解決任何事情。

陪人商量煩惱未必一定要解決對方的問題才行，偶爾光是聆聽對方吐露煩惱就足夠了，甚至可以說大部分時候那麼做才是正確答案，但無論如何，我提升太多自己的好感度並非好事。萬一不小心讓雲母執著的對象變成了我，那可不是開玩笑的。

預估那種事情首先是不可能發生的。但既然已經出乎意料地登上了舞台，我希望能儘速消失至左右側台。

我不想當演員，而是想看戲。

「嗯～這個嘛……果然是因為百目鬼同學很可愛吧？妳想想，就跟明知道不會中獎，還是會買樂透一樣啊。」

很好，就跟我計劃的一樣，我們溝通不良。她翻白眼瞪著我看，甚至還嘆了口氣。要是雲母對我的好感度再提高一點，這就會變成完美溝通了，所以說人類真的是很有意思。

「那樣一點幫助都沒有呢。」

「也是呢～妳準備要回家了？」

「是沒錯。」

「畢竟剛剛才發生那種事，路上小心喔。」

我一邊對露骨地提防著我的雲母揮了揮手，同時背對她邁出步伐。

不過，還真是好笑啊。

今後一定也會不斷出現有勇無謀地向雲母告白的男生。

恐怕是那種孤獨感與毫無意義的掙扎，導致她的心理狀態扭曲成長，讓她的表情和言行舉止蒙上相對於年齡來說非常不自然的陰影吧。聽見同學在聊幼稚的鹹濕話題時，她並非無視，也沒有表現出厭惡感，只是妖豔地露出微笑，讓對方閉上嘴巴。她那種模樣會勾起觀看者的性欲。

僅僅如此，一定就足夠讓她有異性緣了吧，更何況還加上了單戀這種要素，自然更誘人了。

據說戀愛中的女性會變漂亮，這兩年來一直觀察著雲母的我，可以斷言那是一個真理吧。

雲母變得非常漂亮動人。

因為她還散發出一種難以接近的感覺，相對於暗戀雲母的男生總數，她被告白的次數好像很少，儘管如此，應該也有不少男生哭濕了枕頭吧。

這實在非常滑稽，讓我笑到停不下來。

輕易地讓人迷戀上她，再果斷地甩掉。雖然是廉價的三流喜劇，但以副產物來說還不壞。

哎，畢竟比較對象是那個霞，這也沒辦法。你們就換個目標吧，諸位殘兵敗將。沒什麼，反正就憑你們是無法應付雲母的。有更適合的對象。哎，我說真的。

然後，對不起喔，百目鬼同學。現在還要請妳繼續這種徒勞無功的單戀一陣子喔。

啊哈，啊哈哈，啊哈哈哈哈哈哈哈哈哈——

＊＊＊

「咦？妳該不會是百目鬼同學？原來我們同一間大學啊。」

我裝作只是偶然巧遇的樣子，向雲母搭話。

雲母考上了同一間大學這件事，我也立刻就發現了，反倒該說我有尋找她的身影。這是理所當然的，畢竟是我一直在煽動雲母的執著心，確信她無論如何都會選擇跟霞一樣的大學。

雖然不曉得她能否考上就是了。

哎，不過就算她沒考上，應該也能透過跨校社團散布霞放蕩的生活並從中作樂，所以不管她有沒有考上都沒差。

「好久不見了。」

「嗯，好久不見。說是這麼說，但直到去年都還是同班同學，感覺也沒隔多久就是了。」

「的確，畢竟才一個多月嘛。」

無關緊要的客套對話與陪笑。也不是完全不認識的人，既然都看到了，視若無睹好像也不太好——我提醒自己保持這樣的態度。無論如何都不能被她發現我一直在找她。

「幸會，我是經營系的阿久戶智也。」

「我是心理學系的高松葵。」

我觀察待在雲母身旁，疑似她朋友的女性。

那麼，她們是哪種程度的關係呢？

雖然我覺得應該不可能，但萬一這個人物能成為雲母的依存對象，就大事不妙了。依存對象分散成好幾個的話，對個別對象的依存深度無論如何都會變淡。

「百目鬼同學也是心理系？」

「是的。」

「心理系啊～嗯，不錯呢。妳們兩人都給人那種感覺。」

「是這樣嗎？」

「因為妳看，對其他人沒有興趣的話，是不會想念心理學的吧？想知道那個人在想

什麼——因為有這樣的想法，才會仔細觀察別人，這種人也經常注意到細節，所以很擅長替別人設想。」

嗯～我自己都覺得這台詞真肉麻。哎，但我想觀察的是反應，內容本身怎樣都無所謂就是了。

「實際上百目鬼同學經常站在跟大家有點距離的位置觀察周圍，很多人表示就是欣賞妳這種沉穩且成熟的地方喔。」

這是事實。對雲母有意思的男生，很多人都會說出像這樣的話，最好笑的就是實際上的她根本不是那麼回事。每個人都只是把自己的理想反映在她身上，根本沒有注視她本人。

「高松同學感覺也很成熟又漂亮，心理學系是不是很多這樣的人啊？」

順帶一提，這句則是玩笑兼應酬話。要說成熟，她還無法擺脫在裝大人的感覺，而且不管怎麼想都是我女友比較漂亮。

好啦，最關鍵的反應是……唔喔。嗯，她在傷腦筋呢。好像很尷尬。

看來她不是那種習慣被稱讚的人啊。大概是上大學才開始打扮，而且也不是那種有遠大目標的人。只是碰巧考上這裡的那種狀況還滿常見的。

「智也同學為什麼會選擇經營系呢？」

「說來難為情，但沒什麼大不了的理由。我會選擇經營系，是因為這樣最安全。其實選經濟系也沒差，但因為朋友也選了經營系，就決定來這邊。只是這樣。」

到目前為止的反應來看，大概這樣的回答才是正確答案。哎，反正也不是謊言嘛。

話說回來，智也同學嗎？

哎，算啦。比起這個，雲母對「朋友」一詞產生反應這點比較重要。就她的視角來看，會讓她感到掛心的我的朋友，只有一個人而已。

「喔，對了對了，霞也在經營系喔。」

「……是嗎？」

哈哈。啊，太好了。雲母還沒有喪失對霞的執著。即使知道百分之九十九沒問題，但人類最教人猜不透的就是最後那百分之一，所以我其實有點不安呢。

「霞是我的……該怎麼說呢？朋友？雖然我們認識的時間是很久啦……」

要說是摯友讓我有些顧忌。不曉得實際上究竟該歸類成什麼呢？

「喔，不妙。再不移動的話，會趕不上時間呢。」

我瞄了一下手錶確認時間，結束話題。我想知道的事情已經全部知道了。現在暫時沒有其他事要問了。

「下次再一起喝杯茶，慢慢聊吧。也邀霞一起去，當然還有葵同學。」

我們迅速地只交換了聯絡方式後，我說了聲「拜拜」，便離開現場。

總之，葵同學看來不會成為雲母的依存對象，我放心了。她好像也對我有意思，要

不要先當成備胎呢？畢竟上大學後也得重新建立人脈關係，再說為了更棒的看戲體驗，也需要有人把雲母的消息告訴我嘛。

啊啊，要是我有千里眼就好了。正因為知道那種東西實際存在，才讓人更想要呢。

「智也，你記得百目鬼雲母嗎？跟我們同一所高中的女生。」

升上大學後過了一年以上時。霞突然提起關於雲母的話題。

「當然記得啊，三年級的時候跟我們同班對吧。」

「那傢伙也上了我們這間大學耶，你知道這件事嗎？」

「嗯，應該說霞你果然沒有注意到啊？」

「沒注意到不感興趣的對象很正常吧，反倒該說是智也你在意太多小事了啦。」

「或許是那樣也說不定，但我覺得是霞太漠不關心了。但你怎麼突然提到這個？」

「昨天遇見她，讓我回想起來，然後我們去喝了點酒。」

「咦？」

我大吃一驚。壓根沒想到霞居然會在我沒有幫忙牽線的狀況下跟雲母發生關係。

不，雖然也有億萬分之一的機率，他可能沒對雲母下手，但就算那樣，這也是很大的進展。

畢竟從我開始做準備後，已經過了四年。老實說，我甚至已經放棄，認為自己失敗了。一直在關注其他火種，這邊只有進行最起碼的確認而已。

想不到居然會到了現在才開花結果，這是我壓根沒想到的發展。

換言之，這是不存在操縱線，由霞與雲母本身純粹的意志展開的劇目。

哈哈。不錯呢不錯呢！就是要這樣才對嘛！

雖然也還不曉得這會變成喜劇或悲劇，但果然戲劇就是因為不知道會演變成什麼結局才有趣。

「啊，啊……嗯。」

不過這樣啊。這麼一來，就表示我錯過開場嗎？這讓我有些……不，是非常遺憾。

話雖如此，但我也不可能一直拿霞和雲母當玩具，他們也有可能在我沒注意時進一步發展。唯獨這點是無可奈何的。

這種時候，要是有像我女友那樣方便的能力就好了，但遺憾的是我不管怎麼掙扎都只是個普通人類。

哎呀～話說回來，真虧霞竟然敢對那種感覺風險很高的女生下手啊。

反正既然是霞，肯定能得心應手與雲母交往吧，不過可能的話，希望他別把我捲進去。既然戲劇已經開幕，我就比之前更加不想干涉舞台上的事，想要保持觀眾的立場。

「喔，說曹操，曹操就到。」

雲母在無懈可擊的時間點登場。

恭喜你們！儘管很想這樣歡呼，那麼做就太過火了，我提醒自己謹言慎行。

「午安，我可以跟你們一起坐嗎？」

「當然可以。」

「好啊。」

霞，你會不會太冷淡啦？嗯，哎，雖然我知道他就是這種個性啦……但這種傾向有點不妙。不稍微冷靜一點的話，感覺會出紕漏。

「我平常會自己準備便當，但今天早上，那個……」

雲母有些難為情似的不時偷瞄著霞。

哎呀～還真是純情呢，真的是大學生嗎？還是說只是我的心靈太骯髒而已？

感覺今後好像會很有意思，又覺得感慨良深。對未來的期待與對過去的成就感摻雜在一起，心情十分愉快。感覺大概就像考上第一志願時的入學典禮。

我現在的角色是兩人共通的熟人朋友。我勤奮地把霞的情報傳達給雲母，這大概是我在這齣戲劇裡擔任的第一幕兼最後一幕的場景。這之後我想當個觀眾，儘量不加以干涉，所以就趁現在先公開所有感覺有必要的情報吧。

「唔喔，時間差不多快到了。」

霞大概打算去抽根菸吧。距離下一堂課還有些時間，不過霞稍微提早起身準備離開，於是雲母輕輕拉了拉他的袖子。

「那個……呃，你今天……」

「啊～不好意思，我今天有事。」

「這樣啊。」

雲母鬆開了依依不捨似的，握住霞衣服袖子的手指。霞明明可以再稍微理會她一下嘛。

啊，嗯。不過這樣一來，我就能確信了。

對霞而言，雲母是個一文不值的工具人。

我暗自竊笑。不錯呢，就是要這樣才對。這樣才能觀賞到雲母執著的盡頭。

倘若霞會回應雲母那過於沉重的感情，那種已經超越砂糖，彷彿糖精塊般甜死人的戀愛劇一定也不壞吧，但要問我這次想觀賞哪一邊，我會果斷地選擇這邊。

啊啊，真期待今後的發展啊。

＊＊＊

霞說不定在劈腿。

舞台開幕之後過了一段時間，大約十二月上旬左右。雲母來找我商量這件事情時，我也只覺得「啊，果然還是被捲進去了」。

既然無法獲得上帝視角，不在某種程度的距離進行觀察的話，就無法享受這齣戲。所以沒辦法置身事外也是無可奈何。老是聽傳聞也沒有意思嘛，就這層意義來說，我非常喜歡陪人商量戀愛煩惱。

問題在於會找異性商量戀愛煩惱的人，大多是在找下一個對象。

從以前開始就有兩隻手數不完的女生，對霞抱持著類似憧憬的愛慕之情，因此包括高中……不，包括國中時代到現在為止，我已經被迫習慣陪人商量這方面的煩惱了。

客觀來看，我在其他人眼中應該像是霞的摯友，如果是認識的人，不敢問霞本人的話，最終就會跑來我這邊，這也難怪吧。

也因此我感到十分心涼。

別開玩笑了。明明接下來才要開始變得有趣吧，居然要在這種半吊子的地方劃上句點，我絕不承認，至少希望可以再掀起一場風波。不，我會讓他們掀起來。

「霞劈腿啊……」

話雖如此，就算她這麼跟我說，我也只能回：「我想也是。」

霞可是名副其實的花心大少。只要稍微了解霞這個人，應該馬上就知道不能期望他會誠實地跟女生交往吧，不過該說戀愛是盲目的嗎？雖然利用那種盲目的我好像沒資格說這些就是了。

「雖然我相信他，但是……」

我一邊眺望著低下頭這麼喃喃自語的雲母，同時伸手拿飲料。

她有沒有發現在明明沒人問她，她卻特地主張「我相信他」的時候，就表示「我無法相信他」了呢？我想大概是沒發現吧。

如果真的相信霞，那就會以無意識為前提，所以腦海中不會浮現這種想法，也不會特地化為言語啦，百目鬼同學。哈哈哈。

「稍微整理一下狀況吧。妳最先產生懷疑，是在夜晚的鬧區裡看到霞跟妳不認識的女性一起進入旅館的時候，沒錯吧？」

無論怎麼想，都出局了吧。是裁判會舉起紅牌，直接判退場的程度。你在搞什麼啊，霞。失誤也該有個限度吧，誇張到有點好笑了。

「但霞同學說他只是在照顧喝醉的人。」

雲母立刻這麼否認，雖然有些過意不去，可是她拚命的模樣很有趣。她不惜欺騙自己也要包庇霞的樣子實在太滑稽了。

「說得也是呢。就算是那樣，明明有百目鬼同學在，卻跟其他女性進入旅館，我覺得是霞太輕率了。」

「但要是爛醉到連計程車都拒載，也只能去旅館了吧？」

這大概是霞的藉口吧。

嗯～真麻煩。

隱約可以理解雲母會包庇霞是出自怎樣的心理，但雲母的感情跟霞的藉口混雜在一起的話，身為聆聽者的我不一一分割出主觀，就搞不懂她到底想說什麼。再加上要是隨便否定，雲母有可能會失控，所以也必須考慮到這方面才行。

「就算是那樣，他也太輕率了喔。他應該也不是跟那個女生兩人單獨喝酒吧？既然這樣，霞已經有百目鬼同學，應該把上旅館照顧人的事情交給別人。」

霞跟陌生女性上旅館了。這對雲母而言是無法原諒的事。所以也是她希望有人同意的部分。

「那個……其實他只說是飲酒會，我也不曉得他們是兩人單獨喝酒，還是有很多人在場……」

「既然霞說是飲酒會，我想大概不是兩人獨處吧。」

但她希望別人可以否定霞有劈腿這一點。正確來說，是她想堅信霞沒有劈腿。所以不能說：「霞在劈腿！」遑論提出證據給她看。

「話說回來，妳知道霞在旅館待了多久嗎？」

「抱歉。因為我腦袋一片空白，回過神時，我已經回到家了……」

「這樣啊，妳應該打擊很大吧，這也沒辦法。」

嗚哇～沒有任何可以袒護霞的線索。

這樣是要我怎麼辦啊～但不想個辦法處理的話，感覺無法再掀起一場風波，只能努力加油這點是我最難受的地方。

「霞同學曾說在衣服洗好前都沒辦法回家，所以我想應該待了滿長一段時間。」

霞～你為什麼要自掘墳墓啊～

哎，但就霞的角度來看，他也不知道雲母是從何時開始監視了多久，就算雲母老實告訴他自己腦袋一片空白地回家了，所以不曉得霞幾時離開旅館，不過考慮到雲母可能在說謊，為了迴避風險，霞八成不會相信，所以這也沒辦法嗎？

然而不說些多餘的話應該是鐵則吧？拜霞所賜，我現在才會搞得這麼辛苦耶。

「原來如此啊～所以那時妳決定相信霞嗎？」

「…………是的。」

她是笨蛋嗎？

哎，但這也沒辦法吧。這就是百目鬼雲母啊。

乞求、執著、盲目相信、依賴愛情。

不健全到了極點的精神構造，所以觀賞起來才有趣就是了。

「但結果妳還是無法相信他？」

「不，我相信他。雖然相信他，不過……」

「不過？」

「霞同學完全不肯遵守約定。」

嘴巴說著相信霞的雲母，表情因為不信任與不滿而扭曲變形。

「你們做了什麼約定？」

「大概就我希望他跟女生去喝酒時可以告訴我，還有可以的話，希望他不要跟女生兩人獨處。這是很過分的要求嗎？」

「不，我不那麼認為。簡單來說，就是希望他不要讓妳感到不安對吧？與其說約定，不如說這在理所當然的範圍裡面吧。」

雖然我說的理所當然，不是道德層面的意思就是了。

女性跟男性不同，對伴侶抱持不安的話，常變得容易劈腿。「因為覺得寂寞」這種常聽到的劈腿藉口就是最好的例子。所以不想被戴綠帽的話，就不該讓女性感到不安。

相反地，男性對女性伴侶感到安心的話，就會變得更容易劈腿。簡單來說，就是男人會在這種時候劈腿——小看伴侶，認為「反正這傢伙沒其他男人，也離不開我吧」。

換言之，也就是說霞不僅小看雲母，認為她反正不會離開自己，而且還覺得就算離開也無所謂。實在太無藥可救，太好笑了。

「這麼說來，妳會跟霞約會嗎？」

「咦？會啊。那當然。」

「例如怎樣的約會？」

「呃，雖然大多是一起去喝酒或他來我家玩，但他也有帶我去過像是觀景台這樣的約會景點。」

雲母有些害羞地述說。看來非常幸福的樣子。有時夾雜一絲苦澀，不過真虧她能在這種狀況下這麼陶醉地沉浸在回憶當中啊。

「有照片嗎？」

「有是有啦，你想看嗎？」

「妳不願意的話就算啦。」

「不會，請便。」

我借用她的手機，兩人探頭一起確認。雲母會一張一張地進行解說，但這部分根本不重要。

重點在於照片有沒有拍到霞的臉。

有不少男性不喜歡拍照。所以只是躲避上鏡頭的話，無法明確判別他是否做了虧心事。

然而，若是拍不到完整的身影，會遮住臉、戴墨鏡的話，就要小心留意了。還有絕對不讓女友用手機拍照的人也很不妙。

那麼，要說霞的話，他很普通地出現在照片上。而且是用會留下確切證據的雲母的手機拍照。

既然如此，至少霞不打算向周遭人隱瞞他有雲母這個對象吧。

哎，也可能只是因為在大學裡發生過他收下愛妻便當的爆笑事件，所以他認為這件事瞞不住，決定像是當成真命天女一樣地對待雲母而已。

哎呀～那個事件真的笑死我了。霞緊繃的表情實在有趣得不得了。

「嗯……」

我的直覺告訴我霞並沒有劈腿。

因為追根究底來說，雲母本來就不是霞的女友。

如果終歸是炮友的話，就算霞跟其他女性有一腿，雲母也沒道理責怪他劈腿。

雖然我本來是這麼推測，但霞對待雲母的方式跟戀人一樣。

「怎麼了嗎？」

「喔，沒什麼。這些都是你們交往後的照片對吧？我只是有點好奇你們怎麼熟識的而已，是誰先告白的啊？」

「這是那個……他約我去喝酒，結果就順勢開始交往了？」

看到臉頰稍微泛紅，回答得有些曖昧的雲母，我大概知道是怎麼回事了。然後我確信了。

霞並沒有打算把雲母當成女友。

我可以斷言，霞絕對沒有說要交往。

幾乎算是女友，但不當成女友看待也無妨的工具人。

這就是雲母的定位，兩人在交往是雲母一廂情願。

哎呀，不錯呢。這是最容易陷入泥沼的關係。

能夠做像是情侶會做的事情，而且也被當成女友對待，所以很容易感到開心或滿足，但其實男方絕對不會讓步，也不會誠懇地跟女方交往。

因為對那種討厭束縛的男性來說，沒有比這更方便的關係了。

我說得沒錯吧？明明可以做所有想跟女友做的事情，卻也能做有了女友就辦不到的事情。

再加上也不需要付出太多勞力。對女友需要頻繁地聯繫和送禮，這種情況卻不用做到這兩項。

特地正式交往沒有任何好處。

要改善這種關係，必須由女性主動確認兩人是否在交往，對於設法蒙混過去的男性斷言：「如果不肯明確地定義兩人的關係就分手。」

但女方大多會擔心被討厭而畏縮不前，就這樣說不出決定性的那一句話，一直拖拖拉拉地持續這種沒有結果的關係。

然後累積起來的不滿與壓力遲早會到達極限並爆炸，我現在就非常期待那個瞬間。

不過，真傷腦筋啊。「霞是否有劈腿？」對於她這個煩惱，我已經準備好答案了。

但我也不能把答案原封不動地告訴她。

因為她肯定會反彈，霞也會認為我說了多餘的話，變成我們起爭執的原因吧。

那樣就不符合我的目的了，在我這邊爆炸也一點都不有趣。

所以我必須誘導雲母再繼續維持現在這種肯定會破裂的關係一陣子，但這是相當棘手的難題。

呵呵，不過算啦。沒什麼，如果是我一定行，一定行。

不過，這樣一看，還真是令人意外呢。雲母的眼中似乎還是只有霞，我以為她已經在找備胎了。一定是哪裡搞錯了——她甚至不惜像這樣欺騙自己，也想要相信霞沒有劈腿。

哎呀，真的很稀奇。要說哪裡稀奇，就是霞居然會在我沒有牽線的狀況下，對這種感覺會糾纏不清的女生下手。

真危險，而且好像還能繼續讓我看好戲啊。這就是我簡單扼要的感想。

＊＊＊

「霞你最近過得怎樣？跟百目鬼同學相處得還好嗎？」

我擺出什麼都不知道的表情，像是在閒聊一般淡定地提出這個話題。

若是先從結論說起，霞似乎巧妙地把劈腿那件事敷衍過去了。我向不少人探聽消息，但看來兩人並沒有迎向決定性的破滅並分手的樣子。

所以這個話題除了讓我引以為樂以外沒有更深的意義，但這正是最重要的事情。

「……哎，還過得去吧。」

霞一臉麻煩似的回答。在他這麼回答的時候，他們相處得並不好這點便顯而易見。

追根究底來說，他特地避開學校裡的餐廳，來到位於校外附近的蕎麥麵店時，大概就能察覺到他在迴避可能會碰到雲母的地方。

他的掩飾笨拙到就算在這裡的人不是我也能察覺。霞自己也不認為這種說法管用吧，看來他十分心力交瘁啊。哎呀，真有趣呢。

「我是不打算過問細節啦，但拜託你盡可能地不要把周遭人捲進去喔？」

才怪。要是他能盛大地把周遭人都捲進去大爆炸，感覺那場景會非常有趣，所以我反倒想推薦他那麼做。

但無論是以我的角色或立場來看，都不能說這種話，因此我只有給他無可非議的忠告而已。

雖然是為了盡可能容易觀賞到各種劇目才打造這樣的立場，這種時候卻很不方便。

但不管是怎樣的角色，像我這種傢伙要是說出真心話，肯定會讓其他人不敢領教就是了。

不過大家應該都這麼想才對。

無論是誰都很喜歡拿著正義的棒子單方面教訓別人，勸善懲惡對吧？人渣身敗名裂這種事不是最棒的表演嗎？這就是所謂的「幸災樂禍」，別人的不幸甜如蜜。

……咦？我嗎？我沒關係的啦。姑且不論別人看不到的內心，在別人的眼裡看來，我的言行是典型的好人嘛。懷疑的話，大可試著回想一下。再說就算看到好人身敗名裂，也沒什麼有趣的吧？

「我才不會出那種差錯咧。」

「……這可難說。」

唔喔，我這樣可不行啊。因為在想些多餘的事情，反應慢了半拍。我利用多出來的空檔演出不信任感。

「嘖，我最近可沒把你捲進來吧？」

好，命中了。因為霞以前曾把我捲進麻煩事裡嘛，我會懷疑也很自然。

「但最近才有人來找我商量戀愛煩惱耶。」

我在這邊投下燃料，讓局面朝高潮加速發展。

「啥？嘖！那傢伙——」

可以明顯看出霞感到十分煩躁。

嗯嗯，不錯呢。這樣他對雲母的態度應該會變得更隨便才對，然後感受到這種變化的雲母會累積更多壓力。

「……她說了什麼啊？」

「她說你可能在劈腿。」

「說到底，我們本來就沒在交往，哪有什麼劈不劈腿啊……」

霞感到疲憊似的嘆了口氣，抓了抓頭髮。

「你明知道百目鬼同學會誤解，還是放著不管對吧？」

「我本來以為她遲早會發現啦。」

天真，太天真了。

如果是霞平常會發生關係的那種對象，根本就不會誤解，縱然不是如此，在懷疑霞劈腿的時候也會發現吧。那並沒有錯。

但對象是那個雲母。即使要欺騙自己，她也會認定霞沒有劈腿。

「然後咧？智也你說了什麼？」

「我當然是隨便搪塞過去了啊。畢竟我根本不知道任何詳情，還能怎麼回答啊。」

「那樣就行了。唉……」

就在這時，霞的手機響了。我稍微瞄到的畫面上顯示出雲母的名字。就某種意義來說，真是最佳時機。雲母大概是在校園內找不到霞的蹤影，才打電話過來的吧。

「霞，你的手機在響喔。」

「我知道啦。」

霞只是一臉嫌麻煩似的把手機扔到座墊上。

「沒關係嗎？」

「沒關係啦。」

霞咂嘴一聲。他都這樣試圖跟雲母保持距離了，感覺他可能在心想要是雲母可以趕緊離開他就好了。我知道雲母的執著心有多強烈，很清楚事情不可能那麼簡單，所以霞這麼天真的預測讓我覺得很好笑。

「怎樣啦？」

「沒事。」

唔喔，我好像在不知不覺間笑了出來，霞用低沉的聲音責備我。

但霞似乎也察覺到那是在遷怒，他大口深呼吸後，彷彿要轉換心情般露出笑容。

「智也，你聖誕節要怎麼過？」

「你這麼問我也很難回答耶，姑且是有計劃啦。」

「你會去參加什麼聖誕派對嗎？」

「可以這麼說吧。啊，姑且先說一聲，那是跟你完全沒有關係的聚會喔。」

反正他打算說先跟別人有約了，以此來躲避雲母吧？我不會讓你得逞的。

「我才想問霞你要怎麼過咧。」

我這麼追擊露出苦瓜臉的霞。

「你是覺得事不關己吧。」

「實際上是不關我的事啊。」

霞很擅長轉換心情，但我不會讓他那麼做。要是他們的關係就這樣不了了之，我可就傷腦筋了，那樣的劇碼太無聊了。

「真麻煩耶……」

「對那個麻煩的女生出手的人是你吧？」

而且那是霞的意志，並不是我拉了操縱線。所以在霞憑自己的意志與行動拉下帷幕前，我不允許他走下舞台。

「乾脆地甩掉她不就好了嗎？」

「要是那麼做，她會爆炸吧。」

我想也是，但我就是想看那種場面嘛。

「她能不能趕緊對我幻滅還什麼的，然後離開我啊。」

「嗯～你這番發言實在差勁透頂喔。」

我明白即便事情發展至此，雲母仍然沒有採取行動的理由。

呵呵，她八成是不想被霞討厭吧。但她好像沒發現那種膽小的態度只會讓霞更快喪失對她的興趣。

然後霞會對其他女性出手，雲母只能重複著雖然感到懷疑，又裝作沒看見來蒙混過

去的行為。

多麼糟糕的惡性循環。

可是這種循環也接近極限了。雲母本身也裝作沒看見的疑惑，確實地堆積在內心的角落，證據就是她的束縛明顯地變強了。

破滅將近。就快到高潮了，真令人期待啊。

＊＊＊

「我的確是很期待啦。」

但不是這個意思呢。

夜晚。在十二月已經過了一半，聖誕節即將到來時，出現了異質空間。

倘若不知情，會本能地迴避，排除在意識之外。就是那樣的空間。

我踏進了那個空間，滑過背後的冷汗感覺有些噁心。

——有怪物。

「是叫阿拉克妮(Arachne)嗎？」

正確來說應該不同吧，不過細節不重要了。簡單來說，就是有個把人類和蜘蛛加起來除以二，再讓牠揹上菇類的怪物。因為外表實在太好懂，一看就知道是怪物，反倒讓人沒什麼真實感。

「嗨，妳好——百目鬼同學。」

我試著像平常一樣向她打招呼。

沒錯，這個怪物是雲母。雖然沒看過這副模樣，但只有臉是我很面熟的長相。

「那是小美佳嗎？居然連已經沒有任何關係的前女友都扯進來，妳也真是不分青紅皂白呢～」

從洋裝底下長出的與其說是腳，更像是根的無數觸手將疑似女性的身影綑綁起來。女性沒有意識。說到底，甚至也不曉得女性是否還活著。

「最近霞的女人接二連三地失聯，那也是百目鬼同學妳搞的鬼嗎？」

很難看出那無法聚焦的眼眸究竟在看哪裡。

追根究底，眼睛的數量實在太多了。

她彷彿蕈傘那般揹著許多類似石榴和瓜拿納果實的東西，並讓其中幾個輕飄飄地浮在空中，那大概是眼球吧。

「…………」

好啦，照理來說她不可能對霞的女人這個詞沒反應——但跟我預測的一樣，她沒有反應。

「啊……她果然沒有意識嗎？」

儘管早就知道了，但重新面對這個事實，讓我緊張地吞了吞口水。

比起直接責怪自己的男人，會選擇先排除在男人周圍的女人——就算雲母是這種類型的人，要說她能否在清醒的狀態下做出這樣的暴行，有點微妙就是了。

一般會先對自己的變化感到害怕與困惑。

但這些女生並沒有變成那樣。

因為她們無法正確地認知到變化的過程。

直到產生自覺為止，她們似乎都不曉得自己在做什麼。

簡直就像為了避免壞掉在進行自我防衛一般。

所以現在也用類似夢遊症的狀態做出粗糙的犯罪行為。

「不知為何，這種粗糙的犯罪不僅可以成立，還沒人發現，這世界真的充滿不可思議啊。」

就算被發現了，大概也不會被判刑吧。根據日本刑法第三十九條，聽說不會懲罰心神喪失者的行為。不過在討論這個問題前，現在的雲母會不會被當成人類看待都很可疑。雖然法律之前似乎人人平等，但雲母不是人類嘛。

說不定有什麼祕密組織會巧妙地處理這方面的事情，但我不是傳奇世界的居民，所以不會知道。

說到底，我本身只是個普通人類，只是戀人碰巧跟別人不太一樣而已。關於怪物的事情也幾乎都是傳聞與推測，根本不曉得真相為何。

「——唔！」

雲母的眼睛突然看向了我。不是長在臉上的人類眼睛，人類的眼睛現在依舊茫然地不知在觀看何處。將大量視線同時聚集在我身上的是無數顆紅色眼球。

這種有些缺乏真實感的狀況，讓我原本輕飄飄地在冷靜與混亂之間徘徊的腦袋，猛然被拉回現實，產生緊張感。怦咚怦咚地劇烈跳動的心臟十分吵鬧。儘管如此，為了保持冷靜，我還是持續說話，要是現在因為恐懼和緊張變得動彈不得會很不妙。一旦變成那樣，我就完蛋了，為此要我一直講個不停也沒問題。

「啊……哎，看來下個目標當然是我呢。」

只要解析雲母的心理狀態與行動原理，就能輕易得知。

總之她就是想從霞的周圍排除自己以外的所有事物。

執著、獨占、支配——這就是雲母的行動原理。

她的嫉妒心非比尋常。

「但連我這個男人都要嫉妒也太扯了吧～雖然可以理解啦。」

希望霞看著自己。

雲母的願望非常單純，用這一句話就能描述。

可是這個願望無法實現，所以她決定訴諸武力。

只要把霞周遭的人全部排除，他應該就會只看著自己了。

哎，大概就是這麼回事吧。她在排除的過程中不會區分男女。

「好啦，嘿！」

在雲母動起來時，我配合她的動作一鼓作氣地飛奔起來。既然雲母已經採取行動，為了避免刺激她而呆站在原地也沒有意義，而且一直站著不動會沒命的。

逃跑，只能這麼做了。

我可以理解雲母的心情。就算這樣，我也不能乖乖地被她殺掉。畢竟我還想觀賞這齣戲劇，而且我死掉的話，我的女友也會傷心。

「……她應該會感到傷心吧？」

我稍微感到不安，同時大動作地避開了伸過來的觸手。

感到困惑，陷入混亂，無法冷靜。我有自覺。我可不是軍人之類的，不可能習慣這種攸關生死的戰鬥。

但雙腳可以行動，也能張嘴說話，腦袋應該也多少有在運作才對。

「就算這樣，也不代表我能怎麼樣啊！」

我要再次重申，我只是個隨處可見的平凡人類，至少在肉體上是如此。就算陪霞經歷了不少次戰場，那終究也是面對人類的情況，我可沒有能夠對抗怪物的力量。

「唔～～～～～！」

通過耳邊的觸手讓我的心臟差點畏縮起來。要是被抓到就完蛋了，小美佳可貴的犧牲讓我得知這點。所幸雲母本體的速度似乎沒有多快，這場賭上性命的捉鬼遊戲暫且可以成立。

「說是這麼說，但我的體力也不是無限的啊。」

總之只能爭取時間，為此也有必要暫且躲到某處調整呼吸。

「呼……呼……呼！」

我跟其他眾多被害人不同之處，在於遭到襲擊前就知道有非人類的存在，這不可靠的知識成了我的救生索。

我不會做什麼向警察求助這種無謂的事情，反正電話一定打不通。

她們顯露出身為怪物的本性時，其周遭的物理法則會扭曲。否則不可能發生那種不合常理的現象，其中之一就是支開沒有關係的人類。

那麼，要說我為什麼能夠踏進這種空間，就是因為我也是雲母的目標，還有無論好壞，都跟非人類的存在有關聯吧。

因為這似乎不是阻斷電波，如果打給我女友，大概能接通吧，不過……

「雖然也是可以求助啦——」

但不管怎麼想，女友都來不及救我，本身也不想把她捲進這種危險的事情裡。

我好幾次彎過轉角，不斷逃跑。她明明有蜘蛛腳還觸手什麼的，卻只會沿著道路來

追我，實在幫了大忙。這是她還無法熟練運用力量的證據。

「哎……哎，但要是她能熟練地運用力量，大概也能溝通吧，很難說到底哪邊比較好呢！」

如果能靠一張嘴哄騙她，那樣應該還比較好吧？這樣的雜音閃過我的腦海。

「糟——嘎！」

是因為在想些多餘的事情嗎？我沒能完全避開觸手，被橫掃倒地。

「唔～～～～～！」

因為跌在柏油路上，四處疼痛不已，但好像沒有骨折的樣子，那就好。只不過跌倒造成的傷停時間非常致命。

「…………」

雲母一言不發地爬行過來。觸手蠢動著，大概在她的射程範圍內。

「呼……呼……呼……」

是疲勞、恐懼或緊張？抑或以上皆是呢？我喘不過氣。

「冷靜下來……觸手的動作本身並沒有多快，也不複雜。」

如果只是避開，還辦得到……應該、大概、一定、恐怕。

「嗯……？」

明明還有一段距離，雲母卻高高舉起拿著鐵鎚的雙手，鐵鎚是從哪裡拿來的啊？

開來。

「欸，慢點，等——！」

我顧不得形象，往旁邊一跳。鐵鎚發出聲響通過我剛才所在的地方，柏油路碎裂了

「好、好險……那樣太犯規了吧？」

不知為何，鐵鎚回到雲母的手邊。騙人的吧。意思是我必須拚命逃離鐵鎚與觸手的攻擊嗎？……哎，但我還不能死，會努力奮戰就是了。

「啊。」

在我做好覺悟的瞬間，雲母倒下了。怪物的身影消失無蹤，變回人類的模樣。

「終於嗎……」

我放鬆肩膀的力量，大大吐了口氣。

時間到了。沒有自覺的怪物無法長時間維持那種模樣與力量，如果她還先襲擊了小美佳，剩餘的時間應該就更短。

這就是我具備的知識之一，也是我找出來的唯一一條活路。

「呼……累死我了。真是夠了，居然會被怪物襲擊，饒了我吧。我可不是戰鬥漫畫的登場人物耶？」

是時候了。

既然連我都會遭到襲擊，就有必要儘快讓舞台落幕。畢竟我可不想屢次遭到攻擊。

「暫時跟霞保持距離……不，大概沒用吧。說到底，如果她能做出那種正常的判斷，就不會演變成這種情況吧。說真的，該怎麼辦啊……」

話雖如此，這些事情就等之後再思考。

總之現在得先把昏過去的雲母送回家。

＊＊＊

平安夜當天。

我茫然地呆站在車站前。

理由？因為女友突然放我鴿子啊？

這比一個人孤伶伶地度過聖誕節還悲慘吧。

當然今天安排的約會也沒了。不但會給已經預約好的店家添麻煩，耗費在約會計畫上的心力也泡湯啦。還有準備好的禮物該怎麼辦啊。

一般來說，這變成兩人分手的契機也不奇怪喔？雖然我頂多說聲「真沒辦法啊」，就會原諒她啦！

哎，實際上我不否認感到遺憾，不過這件事本身倒還無所謂。要說我完全沒在逞強是謊言，但我也沒有非常在意這件事。

因為這並不代表愛情已經消逝。

跟我在真正意義上聊得來的人很少見，更何況我女友甚至不是人。所以對我來說，我只有女友，我也確信女友只有我。

然而，正因如此，我們很容易以自己的興趣為優先。

女友現在一定沉迷於說不定比跟我約會更有趣的故事裡吧，下次見面時她應該會說給我聽。希望到時我也能準備一個很棒的故事給她。

所以我不該一直待在這種地方，不如趕緊回家或是找個聖誕派對參加還比較有建設性。這點我明白。

儘管明白，我卻依然動不了，是因為發現了雲母的身影。

不知道已經過了幾小時呢？由於她從我接到突然取消約會的電話前就在了，所以肯定不只一小時。

從雲母的盛裝打扮也能輕易看出她卯足了幹勁，她約好碰面的對象肯定是霞吧。感到寒冷的她好幾次確認手機的堅強模樣，看起來只像是迫不及待地等著開始約會。

只不過有一個問題，就是霞今天應該是去參加名為聖誕派對的聯誼了。因為我也有收到邀請，所以不會錯。

換言之，雲母似乎也是被爽約了，而且還沒有接到聯絡。實在是很差勁的男人啊，雖然我早就知道了。

加上這種內幕來看，就覺得反倒有些滑稽。等不到人。雲母本身似乎察覺到這點，她的臉色也很糟糕。

他們的關係會就這樣破滅嗎？這樣有一點無聊。

一個專情的女生被人渣要著玩而受傷的故事，我已經看過太多了。而且若是這樣的結局，特地選上雲母就沒有意義了。我想看她那種脫離常軌的執著心會走向什麼末路，才一直投資到現在。

其實我希望把自己的直接介入控制在最小限度內，但看來也不是能這麼說的時候了。還有怪物化的問題。沒有太多時間猶豫。

「嗨，午安。該說晚安嗎？」

「…………」

沒有反應。我應該沒有被討厭到會慘遭無視的地步吧。

「咦？百目鬼同學？喂～」

我遮住她的手機畫面，她才總算抬起原本低下的頭。

喔喔……這看來好像沒救了呢。她露出了彷彿把所有絕望都濃縮在一起的表情。要是走錯一步，她會不會去自殺啊？沒事嗎？

「不可能沒事吧……」

雖然是我讓事情如此發展的，但沒想到會這麼嚴重。變成怪物也是當然的吧。

「……阿久戶同學？」

「啊，太好了。妳好像回神了呢。」

「你在平安夜找人搭訕嗎？還真有精神呢。」

「不不，這不是搭訕啦。」

「不巧的是我正在等男友，所以我拒絕。」

「我知道喔……霞不會來對吧？」

「他只是稍微遲到而已。」

她還在包庇霞啊，哈哈。雲母真的不會背叛我的期待呢。

「我稍早之前就一直在觀察了……別那樣瞪我嘛。」

「嘲笑悲慘的女人這麼有趣嗎？」

嗯！超級愉快的！

我也不敢這麼說出口就是了。

老實說，看到雲母用犀利的視線對我拋出帶刺的話語，讓我稍微放下心了。不，我可不是被虐狂喔？即使那是類似遷怒的表現，也表示她的心靈恢復到能夠與人溝通的程度了。

「對不起喔。雖然我來道歉可能也沒有意義啦。」

畢竟就某種意義來說，罪魁禍首是我嘛。倘若沒有讓霞與雲母相遇，或許雲母就不

會像這樣單方面受傷了，而且我還不打算讓她變輕鬆嘛。把這種由衷的感情放進去後，動作也自然地變得彷彿很誠懇。

「那你為什麼要道歉？」

「嗯～哎，因為我跟他算是有一種孽緣吧。」

當然我也不可能說出實話，所以就掰個煞有其事的理由。

「…………你用不著道歉。所以請你別管我了。」

「哎呀，那樣有點說不過去吧。」

對不起喔。我知道妳希望我別管妳，但如果能在這邊點頭答應然後就丟下妳不管，我一開始就不會向妳搭話。

我輕輕觸摸雲母的臉頰。雖然立刻被揮開了，但她那種讓人聯想到死亡的冰冷還殘留在指尖，我強硬地拉起雲母的手。

「妳都凍成這樣了，我怎麼能放著妳不管呢。」

「這跟阿久戸同學你沒有關——啊，慢點！」

我說不定是失敗了。

想說總之先到能取暖的地方，帶雲母來到為了跟女友共度聖誕節而事先預約好的餐酒館。畢竟這種日子也沒有其他店還有空位，所以我根本沒得選擇。

話雖如此，在聖誕氛圍中帶著散發出陰沉的失戀氛圍的女性，實在非常突兀。而且那個女性還毫不掩飾她充滿警戒心的模樣，情況簡直是糟透了。所幸我訂的是包廂，不至於太引人注目，但店員說不定覺得很不自然。

「真希望妳別那麼提防我呢。這表示我也跟百目鬼同學妳是類似的狀況喔。」

「……這話什麼意思？」

「就是被戀人突然爽約了。哈，哈哈哈……」

啊，怎麼辦。自己講著講著都難過起來了，而且還是這種狀況。我到底在做什麼呢？而且想到霞是原因之一，就忍不住想嘆氣。

「而且妳想想，難得都預約了，要取消實在很可惜吧？」

「你的意思是我們同為喪家犬，乾脆一起互舔傷口嗎？」

「妳說得真難聽啊……哎，算啦。」

就算是自嘲，光是笑得出來，就比剛才那種像是死人一般的臉色要好太多了。

疑惑地微微歪頭的雲母大概沒注意到吧，但那樣就行了。總之只有現在應該以照顧情緒為優先。

話說回來，這還真是個令人煩悶的聖誕節啊，我忍不住想嘆氣。話雖如此，還是得好好完成該做的事情。

只差一步了。只要再稍微推一把，這齣戲劇一定就會邁向高潮。

只不過雲母無法承受住那一推。

所以先讓她的心靈稍微恢復吧。然後再動搖她那顆勉強保持著完整形狀，但已經產生裂痕的心靈。

其實她應該會跟霞在一起。只要不直接說出口，但讓雲母意識到這點，她的執著心就會擅自把她的視野變狹隘起來。

雲母扭曲的表情一定很值得一看吧，但為了享受更大的樂趣，唯有現在必須嚴肅地推動事情。

我將小小的嗜虐心掩蓋起來，絕對不會表現出來。

……照理說我是那麼做了。

啊啊，我搞砸了……

我在旅館的一個房間裡抱頭苦惱。

可以看到雲母躺在床上睡覺的身影。

本來不打算做到這種地步。原本不會上旅館，只是吃頓飯就解散。

明明是這麼打算的。

但沒想到雲母居然會主動約我。

喝醉了肯定是原因之一吧。不僅如此，不知為何，那時的雲母讓我感受到一種毛骨悚然的魅力，所以最後還是隨波逐流地與她共度了一晚。

這是我的壞習慣，我覺得這麼做好像比較有趣。

嗯，這是藉口呢，我知道的。

很想瞞著女友這件事，不過還是應該先以被看穿為前提，準備好辯解的台詞嗎？

啊，這麼說來，雲母雖然不是人類，但人類模樣時似乎跟人類沒兩樣。這是很寶貴的資料。儘管我早就因為我女友得知這件事，也沒什麼資料可以確認其他怪物是什麼情況嘛。不知提出這份寶貴的資料，能讓女友原諒我嗎？那是不可能的吧。感覺反倒會被非人類的力量攻擊……哎，不過那樣感覺很像特殊玩法，也不錯？

話說回來，沒想到雲母會因為自暴自棄搞一夜情啊。明明不適合，真虧她敢這麼做呢。

我也不認為自己能百分之百看穿別人的思考和心理。頂多就是考慮到有幾種模式，然後猜測大概是其中之一吧。所以我認為有猜錯的情況也是理所當然。要確實且完美地讓人落入圈套，終究是不可能的事情。

只不過就算這樣，在酒醒的現在，我想我應該能大致掌握到雲母的心理狀況。

雲母並非對我有好感，也不打算換男友。

對象是誰都無所謂吧。與其說是好奇心，更像是故意要刺激霞。

但其實她內心也知道就算做這種事，霞也不會回頭看她一眼。她也明白這連測試都算不上。

所以本質一定是自我傷害。

我不會說其中不存在感到寂寞或想追求肌膚之親的想法，她也討厭孤單一人的孤獨感吧。但雲母應該也知道就憑我是無法填補那種空虛的。

因為我距離霞太近了，她無論如何都會想起來。

所以雲母不會選上我，然而正因為我跟霞很親近，作為遷怒的對象是最適合的。即使被討厭也無妨這點，一定也推了她一把。

因此接下來我們不會有任何發展。就算霞跟雲母決定分手，也會連我一起割捨掉吧。最重要的是我本身並沒有那個意思。

所以我會以最大限度利用這種狀況。

等雲母醒來後，我就假裝真命天女的女友聯絡我，像要逃跑似的離開旅館吧。只要像這樣傷害雲母的心靈，她就會對霞更加執著。

因為雲母沒有其他對象可以依靠了。

然後霞會推她最後一把，將她粉碎吧。

呵呵呵。哈哈哈——啊啊，我從現在就期待得不得了呢。

＊＊＊

除夕將近時，霞失聯了。啊啊，看來他終於失算了。

我無法克制上揚的嘴角。這是我期盼已久的高潮時間。

我立刻試著打電話給雲母，出乎意料地聯絡上她了。

我試著詢問她知不知道霞在做什麼，但她只回了一句：「不曉得。」

哈哈哈！哈哈哈哈哈哈哈哈！

不曉得？哈哈！那怎麼可能嘛。

我確信了，犯人就是雲母。

雲母很明顯地對霞過度執著。明明如此，她卻沒有因為霞失聯而驚慌失措，冷靜地回答「不曉得」？

怎麼可能有這種事嘛！

老實說，我感受到自己內心十分雀躍，不像平常的自己。就是這個。這種非日常感，我就是為了追求這個才待在霞的身旁。

最近霞也比較懂得處世之道，不太會引起麻煩，也很少把我捲進去了。再說一直發生類似的爭執，我也覺得有些厭倦。

但這次不一樣，這種狀況至今一次也沒發生過，我久違地有活著的感覺。

好啦，故事終於要迎向高潮了。

主角與女主角，哪邊可以堅持自我到最後呢？不問手段。說服、洗腦、威脅、拷問，百無禁忌。想要演出愛的奇蹟也請隨意。

唔喔，在看戲途中要保持安靜，鼓掌就等舞台落幕之後吧。

啊哈，啊哈哈，啊哈哈哈哈哈哈哈——

DOKUZU

syuchaku syuchaku

執著／終點

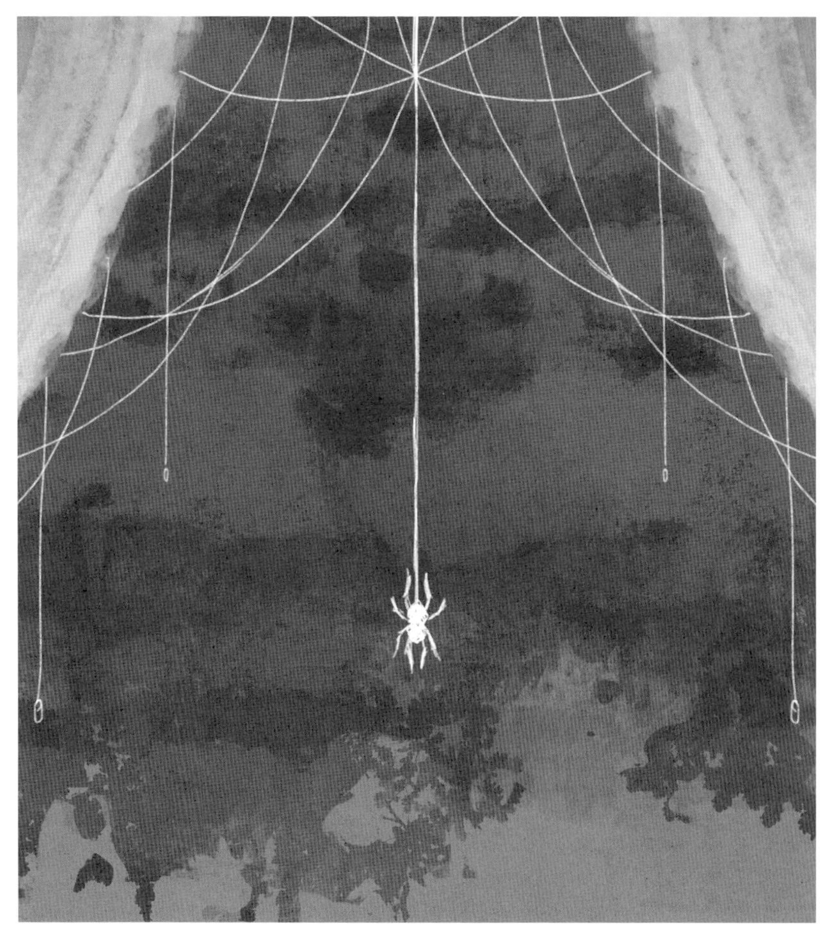

【霞】

我失算了。記憶模糊不清，後腦杓感到鈍痛。

在陰暗的視野角落，發現了疑似鐵鎚的東西。我似乎是被那個毆打了。

不管再怎麼說，我都太鬆懈了嗎？因為對方是女人就小看她了嗎？如果對手是那種會怒吼自己被戴綠帽找上門的男人，我就不會忘記要提防來自背後的突襲。

但我從未想像過雲母會做到這種地步。

話說她到底是把那種東西藏在哪裡啊。

「嘖！」

彷彿喪家犬的咂嘴讓我不禁浮現像在自嘲的丟臉笑容。

被拘禁在雲母的房間裡過了幾天。我被莫名黏人的絲線奪走了身體的自由。

絲線似乎能做某種程度的伸縮，我不至於完全動彈不得，但好像具備優異的耐切割性，沒辦法切斷。我無法逃離這裡，感覺就像被套上項圈的狗。

而且那種絲線還布滿了整個房間，所以我愈是掙扎，就愈會動彈不得。

簡直就像蜘蛛網。

這麼說也不見得是錯的吧。

這裡沒有時鐘之類的東西，我又有一段時間陷入昏迷，所以不清楚正確的日期時間。話雖如此，但期間應該不長吧。

手機似乎也被拿走了，我沒辦法求救。

監禁。

沒有真實感的兩個文字在腦海中冒出。但這無庸置疑地是現實。

沒想到雲母居然是這麼不妙的女人。

到了現在，我才總算正確理解了智也那番話的意思。記得是「別碰她比較好」嗎？如果是現在，我也能盡全力表示同意。

話說，既然他注意到了，就早點告訴我啊。

不過，如果是智也的話，應該不會說吧。那傢伙要等到變成最糟糕的情況，才會積極採取行動，在那之前他只會悠哉地守望著。反正都要採取行動，但就算是早點行動比較能輕易平息風波的情形，在變成最糟糕的狀況前，智也絕對不會採取行動。到目前為止他也一直如此，智也就是這樣的人。

不過，正因為這樣，我有種類似信賴的確信，認為智也現在一定採取了行動。我已經失聯好幾天了。只要繼續等待，努力撐下去，狀況遲早會好轉的可能性很大。

不過智也應該不是在真正的意義上察覺到雲母有多不妙吧，他不可能設想到這種非現實的狀況。

就這層意義來說，我也不能只依靠智也，最重要的是這讓我有點……不，是相當不爽。我可不想只是坐著等人來救我，還沒有到束手無策的地步。

所幸就算身體不能自由活動，嘴巴仍可以說話。既然如此，應該還有逃脫的希望。

「對不起，霞同學，我回來晚了。」

傳來玄關大門打開的聲響。過了一陣子後，聲音的主人走進關著我的房間。

是雲母。但她的樣子實在太奇怪了，看到她這副模樣還沒任何感覺的人，一定是哪裡壞掉了。

「歡迎回來，妳用那副打扮外出了嗎？」

「呵呵，怎麼可能。我有好好地換衣服喔？」

嘖。要是她能就那樣外出，事情說不定可以迅速解決。這果然是我想得太美了嗎？

——怪物。

雲母的模樣只能用這個詞來形容。

首先，她沒有腳。不，腳本身是存在的，但不是人類的腳，是八隻彷彿蜘蛛一樣的腳。她靠那些腳支撐著體重。身體也類似蜘蛛的身軀，看不出還是人類時的原形。

儘管如此，還是能判別她是雲母，是因為上半身殘留著人類時的面貌。

她穿著像是附帶裙襯的洋裝，雙手連在一起，好像無法隨意活動的樣子。但她似乎沒有多不方便，從裙子底下伸出的無數觸手可以代替無法活動的雙手。我也看到了她利用觸手俐落地做料理的模樣。

只不過最詭異的是她背上揹著的無數紅色眼球。彷彿傘一般密集的那些眼球好像會飄浮，經常有幾顆眼球在我的周圍飛來飛去。那些眼球似乎在善盡監視器的職責，雲母好像是透過這些眼睛隨時在監視我的樣子。

這就是我這幾天觀察到的現在的雲母。

一開始我還懷疑是因為腦袋被毆打受了重傷，或是被監禁的壓力讓我產生了幻覺。不過到了現在，我也已經察覺到那種想法本身就是在逃避現實。

這個怪物存在於現實中。

哎呀，看來這世界還是有救的嘛。居然存在這麼令人感興趣的東西。既然如此，真希望她能早點告訴我啊。

但我並不歡迎這種被單方面掌握主導權的慘狀。

為了脫離困境，我開口說道：

「妳還真慢呢，發生什麼事了嗎？」

我努力提醒自己保持平常心。

「只是接到智也同學打來的電話，聊了一下而已喔。」

異形的雲母用跟以前一樣的聲音這麼說，在這個過於異常的空間裡反倒有些突兀。

「智也打來的？那傢伙說了什麼嗎？」

「聽說他聯絡不上霞同學。」

雲母的態度簡直就像事不關己。雖然早就知道了，但她似乎不只是外表，連內在都變得不對勁了。

「是哦，然後咧？妳怎麼回答？」

「你那麼在意智也同學嗎？」

不知不覺間，那個鐵鎚回到了雲母手上。啊，原來如此，我總算搞懂機關了。那個是用絲線連接著，然後拉近身邊嗎？還真方便啊。

「霞同學？」

好啦，這邊是該好好思考的地方。要是接下來的回答再弄錯，我又會被她用鐵鎚毆打吧，然後會再次昏迷過去。這幾天都是在重複這樣的狀況。

「怎麼可能。先別提那些，今天的晚飯是什麼？妳會煮給我吃對吧？」

話雖如此，但這算是低難度的問題。只要不表現出在意的樣子，換個話題就能解決。

「呵呵。是的，那當然。敬請期待喔。」

雲母將鐵鎚丟到地板上，總之是安全上壘了。話說她居然連智也都要嫉妒，嫉妒心到底有多強啊。

不過，真是頭大呢。到今天為止，無論是說服、威脅或洗腦都失敗了。照這樣挑戰下去，也只是在重複同樣的狀況。她不會認同拒絕與反駁，除了默默服從以外的選項都不被允許，然後單方面地被迫發生關係。

老實說，我束手無策了。就憑我現在的手牌，根本沒辦法做什麼。

我一定必須了解雲母的事情才行吧。

說起來，我甚至不知道雲母為什麼會喜歡上我。

如果只是偶爾一起玩然後上床的關係，就算不知道這些也能相處下去。但我似乎不能再無視那些事情了。

我從以前就不擅長深入了解別人，因為我沒辦法產生共感。

不管哪個傢伙都背負著不值一提的煩惱，被不合理又沒有效率的感情耍著玩，患得患失。

雲母大概又會失控吧。但是一直害怕她失控，就無法向前邁進。

所幸我已經得知雲母只要用那個鐵鎚把我痛扁一頓，感情就會澈底重置的樣子。而且我大概不會被那個鐵鎚打死，否則我早就被劈開腦袋死掉了。也就是說，我能夠重來。雖然我不怎麼喜歡靠反覆死亡來掌握通關訣竅的遊戲，但也只能做好覺悟了。我做了個深呼吸——好，上吧。

「欸，雲母。」

「什麼事呢，霞同學？」

「妳喜歡我嗎？」

讓人有點難為情的台詞。如果有必要，這句要我說幾次都行。明明如此，嘴唇卻異常乾燥。

「這表示你想聽我說喜歡你對嗎？」

「對。」

「哎，有什麼關係呢？」

「呵呵，你突然怎麼了呢？」

「我喜歡你喔，非常喜歡。」

雲母對我露出的表情上浮現淺淺的笑容。

我舔了舔嘴唇。猜不透。儘管如此，我還是又往前深入一步。

「例如喜歡我什麼地方？」

「例如……？」

雲母的表情消失了，眼球同時看向了我，觸手蠢動起來。

「為什麼？為什麼霞同學你不知道呢？先向我搭話的人是你吧！」

「對，沒錯。那天我在大學看到妳——」

她說話毫無條理，文不對題。但我沒有反駁，巧妙地誘導她——

「不對！」

觸手毆打我的側臉，衝擊吹撫過臉頰。儘管如此，我還是沒有將視線從雲母身上移開。

「不對！不對！不對！不對！不對！」

瘋狂亂甩頭髮並這麼大叫的雲母，手上又拿起那個鐵鎚。

「是你！最先看到我的人！注意到我的人！才不是在大學看到吧？為什麼！為什麼你不懂呢！」

我急忙地回顧記憶，但還是不明白，我不懂雲母在說什麼，我不存在那樣的記憶。也就是說，那是雲母的妄想。但事情發展至此，已經毫無關係。縱然那是她的妄想，我也必須知道內容才行，因為當中一定存在著逆轉的希望。

「哈哈……你真的不記得呢……」

雲母像是突然沒力似的停止大鬧，淚水滑過她的臉頰。

「我喜歡你會對有煩惱的人伸出援手的溫柔一面。我覺得你其實很溫柔，卻故意裝作是壞人的地方很可愛。我喜歡你不會在意別人眼光，能夠貫徹自我的強韌。明明霞同學也處於跟我差不多的辛酸環境，卻能夠筆直向前，沒有因此受挫，因為有霞同學在，我也能夠努力奮戰了。我喜歡你無論何時都很冷靜的地方。雖然好像只有我在慌張，讓我有一點鬱悶，但看到那樣的霞同學就讓我覺得十分可靠，能夠放心下來。我喜歡你願意吃我親手做的料理，並且稱讚好吃的地方，讓我慶幸自己有努力練習，得到了回報。

我喜歡你的表情，無論是有一點壞心眼的笑容，還是認真地只看著前面的側臉，所有的表情都很帥氣。因為想仔細看清楚霞同學那樣的表情，才走在稍微後面一點的位置，可是你會配合我的步伐，跟我並肩前進，雖然有一點不貼心，但可以知道你在關心我這點我也很喜歡。你拿起酒杯喝酒的手，還有抽菸的身影都十分帥氣。霞同學的一切我都非常喜歡——」

到現在這一刻為止，我一點都不知道，也沒有試著了解過雲母的內心。

「我愛你，我深愛著你，我比這世上的任何人都更愛霞同學。所以——」

對於她這番話，我無法做出任何回答。

「其實我很想讓霞同學一直映照在我眼中。我甚至害怕眨眼，即使只是一瞬間，也不希望你從我的視野中離開。我不希望你消失，想一直觸摸你，只有肌膚之親的時候才能感到安心。每當霞同學給我的溫暖冷卻下來時，便會感到不安，不安到不希望你離開我一步。我想將霞同學更深、更深地烙印在雙眼裡、耳朵裡、大腦裡、肌膚裡。我想要一直牢牢地記住，因為完全不夠。不夠、不夠、不夠，我還想要更多更多。我想要更多更多回憶，因為才僅僅幾個月不是嗎？約會也只有少少幾次而已。我其實有很多很多想跟你一起去看看的地方，想跟你一起嘗試的事情，一直很期待。不是什麼特別的事情也沒關係，像是欣賞美麗的景色，一起笑著說『真漂亮呢』，或是去吃好吃的東西，笑著說真好吃呢。因為如果是跟喜歡的人一起，無論做什麼都會很開心。就算是沒有任何內容的無聊話題，也會變成重要的回憶。像這樣兩人一起共度歲月，還夢想著希望有一天可以結婚。我會每天早上叫霞同學起床，雖然霞同學有些想睡，還是會吃我做好的早餐，稱讚很好吃。然後目送霞同學去上班，即使我其實連片刻都不想分開，但不工作就無法生活下去，所以這也是無可奈何。啊，不過我有爸爸的遺產，或許暫時不會有問題吧。然而霞同學工作的模樣一定也很棒，這部分隨霞同學高興就行了。之後我就照顧孩子。啊，孩子只有一個也無妨，因為我們不知道何謂家庭。但我想把自己缺少的份轉換成滿滿的愛，灌注在孩子身上。我想要這種普通的幸福，只是想要這種普通的幸福。沒錯，普通的就行了。平凡的，理所當然的戀愛，明明那樣就足夠了。我希望你跟我在一起，跟我一起活下去。一直、一直、一直，直到我死亡為止。即使我死了也一直在一起

——這就是我的愛戀。」

因為我無法產生任何共鳴。

彷彿還伴隨著物理性重壓的感情洪流。即使受到這波洪流衝擊，依舊不懂。

我跟雲母的戀愛觀實在相差太多，天差地遠。

對我而言，戀愛是一場遊戲，用來排遣無聊，打發時間的遊戲。

對雲母而言的戀愛是人生，是活著的意義本身。

「……………」

第一次覺得雲母看起來像是無法理解的怪物。

就連看到她只能用怪物來形容的樣貌時，我都不曾這麼想過。

不過正因為如此，才能認識到雲母是擁有確切人格的個體，而非無名小卒。

然後正因為是那樣的現在，有件事我必須告訴她才行。

我大大吸了口氣，接著說出了那句話。

【雲母】

「我們分手吧。」

霞同學開口這麼說時，我聽見喉嚨發出咻的聲響。

我默默地揮落鐵鎚。

「嗚——」

倘若是平時，這下就結束了。但今天不同，霞同學咬緊牙關忍耐著。

即使我再次揮落鐵鎚，結果也一樣，霞同學一直筆直地注視著我。

與我無關，我揮落鐵鎚。

霞同學只要默默服從我就好了。揮落鐵鎚。

沒錯，因為至今都是霞同學在恣意妄為。揮落鐵鎚。

所以我也要隨我高興去做，就只是這樣。霞同學沒有任何拒絕的權利。揮落鐵鎚。

「雲母。」

明明如此，霞同學卻露出我從未看過的認真眼神。我不禁停下揮落鐵鎚的手，聆聽他說的話。

明明知道要是這麼做，又會被他哄騙過去。

「我無法理解妳。」

無所謂，我已經對此不抱期待了。

「對我而言，所謂的戀愛是遊戲。在無聊到不行的這個世界裡，稍微用來打發時間的遊戲。」

閉嘴。

「所以我無法對妳的價值觀產生共鳴，一定也不會有能產生共鳴的那天吧。」

閉嘴！

「嗚！……妳說妳喜歡我溫柔的地方，但我沒有自覺曾經伸出援手。大概只是覺得很礙眼吧。做不到理所當然會做的事情的身影，或是為了不重要的無聊事情在煩惱的模樣……無論是哪種，都只是因為剛好看到，才有所行動而已。那也只是因為對我而言不需要耗費太多勞力就能解決，相較於把礙眼的東西就那樣放著不管而產生的不悅，由於不需要多努力就能輕易辦到，我就那麼做了。僅只如此而已。我看起來像壞人，是因為那樣的內心顯露出來了吧。」

……閉嘴。

「妳說妳喜歡我的強韌。雖然我不是很清楚，但我跟妳的境遇說不定很相似。妳說我們同樣辛酸是錯的，我從未以這種境遇為苦。妳說我不在意別人眼光，換句話說就是我任性妄為而已。因為不管別人會受傷還怎樣我都無所謂，所以才能理所當然地橫掃其他無名小卒。這種人作為人類是有問題的。而且我也有在意別人眼光的時候，像是妳拿便當給我那時。」

…………閉嘴啦。

「妳說妳喜歡我冷靜的地方，但那只是習慣問題。只要一直重複類似的事情，無論是誰都不會再感到慌張失措。雖然不知道妳是在何時感受到我很冷靜，即使那對雲母而言是首次發生的事，對我而言也只不過是一直在重複的日常。」

不要再說了。

「我會稱讚妳的料理，是因為那是我愛吃的味道，不是因為那是妳做的。會配合妳的步伐也不是因為顧慮到妳，是因為我以前學到了那麼做是比較安全的對應方式。」

霞同學仔細把我重要的回憶一一破壞。

「還有，我沒辦法回報妳同等的愛情。」

這種事我早就知道了。

「我的愛很輕浮，太過輕浮了。不，或許根本就不存在，畢竟我甚至無法像妳一樣述說我對妳的愛。」

霞同學用被赤紅弄髒的臉露出苦笑。

「我不會想要一直看著妳，也不會想要經常跟妳在一起。反倒應該說對我而言，獨處的時間是絕對有必要的，我獨處時不管妳在哪裡做什麼我都不在意。比起過去，我認為現在和未來更重要。如果有想去的地方或想做的事情，我一個人也能去，一個人也能做。妳沒有必要存在，妳可有可無，沒什麼大不了的，只讓人覺得無聊而已。至於結婚我也只當成將來能夠使出的一張手牌，也沒有特別想要孩子。畢竟不管怎麼想，我都不是那種會重視家庭的人嘛。無論何時我都會以自己為優先，不需要普通的幸福，只要不無聊就行了。我想要不會無聊的人生。」

求求你，算我求你，不要再說了。

「妳已經明白了吧？這不能怪妳，是我配不上妳。」

照理說明明沒那回事。

「所以，我們分手吧。」

現在霞同學一定是首次注視著我。不是看著A女，而是看著我，看著百目鬼雲母。

只是這樣一件小事，就讓我籠罩在如此強烈的幸福感中。

所以這個時候，我已經知道這個故事的結局了。但我想儘量延後一會兒——於是假裝不明白。

【霞】

回過神時，原本束縛我的蜘蛛網已經消失無蹤。彷彿想說那種東西本來就不存在似的，不留痕跡地消失了。

令人雀躍的現象，實在是難以理解，又讓人非常感興趣。在只有無聊的人生中加入了新的刺激。雖然期盼已久的事物就在眼前，但唯有現在，我得掩蓋住蠢蠢欲動的好奇心。

我用重獲自由的手擦拭差點跑進眼睛裡的血液。手腳的動作沒有問題，也不覺得想吐、頭暈、抽搐。意識也正常。只因為受傷的地方是頭部，出血看起來有點嚴重而已，換言之就是輕傷。治療可以晚點再說，這是我的經驗談。

「雲母。」

我呼喚她的名字，她沒有回答。

「雲母。」

她仍然看著地面不肯抬頭，我走近她身旁。

「我們分手吧。」

我再次對左右搖頭的她宣告別離，她握著鐵鎚的雙手現在依然是放下的狀態。

「就憑我無法實現妳的理想。」

只要朝彼此伸手就能碰觸到的距離，唯有現在感覺非常遙遠，這道隔閡才是我跟雲母原本應該有的距離感吧，我們在本質上不會有交集。我往前踏出一步。

「看著我。」

我強硬地讓雲母抬起頭來。蜘蛛腳已經不見，她變回人類的模樣。只有現在仍握在手裡的鐵鎚與飛舞在半空中的詭異紅色眼球是異常的痕跡。

「不要用這種莫名其妙的東西，用妳的雙眼，用妳本身的雙眼看著我。」

眼球彷彿要阻擋我們似的橫跨在我跟雲母之間，我像要揮開一般彈飛那些眼球。雲母茫然的雙眼將焦點聚集在我身上。

「這樣就行了。沒錯，現實的我就是這麼回事。」

眼淚滑過雲母的臉頰，我並不覺得心痛。

這一定類似洗腦吧。

至今仍不曉得我做了什麼行動引發這種狀況。我唯一知道的是那種行動跟雲母的特質恰好吻合，結果讓她變得如此盲目。

所以我要打碎，直到雲母看見的理想粉碎四散，變成殘骸為止。

為了讓她不會再被這種男人拐到。

這一定是無法成為雲母的理想，也不打算成為她理想的我唯一能替她做的事情。

「所以，永別了。」

我在說出最後一句話的同時又踏出一步，經過雲母身旁。

沒有任何聲音或力量制止我，我離開玄關。

這裡就是我跟雲母的終點。

＊＊＊

【智也】

「怎麼說呢……」

我不禁嘆了口氣。

壓根沒想到會變成這樣的結局。

考慮到霞跟雲母的特質，應當會有盛大的破滅與悲劇誕生才對。

想不到他們居然和平圓滿地分手了，我不期望看到這種美好的結束方式。

出乎觀眾的預料、意料之外的結局——就這層意義來說是很成功吧。

但總覺得欠缺一點精彩也是事實，老實說我的感想是：「花了好幾年，就只有這樣而已嗎？」

現在我就直說了，我最喜歡人們因為不幸的誤會變得遍體鱗傷，然後墮落沉淪的發展。只有不講理也缺乏格調，我不怎麼喜歡。我認為雙方都有責任比較剛好，然後讓遍體鱗傷的人稍微窺見虛假的希望之光也很棒。一次可以享受到兩種滋味。

所以無可否認自己為了讓事情演變至此而一直在投資。

而且實際上會變成那種喜劇的可能性很高，我也預想到那種狀況，準備好要遞出虛假的希望。

明明如此，卻是這樣的結局。

「唉……」

「怎麼啦，怎麼突然嘆氣啊？」

看到一臉疑惑的霞，我放棄了。

哎，這也沒辦法嗎？

畢竟是霞嘛，他背叛我的劇本是常有的事。

所以他才能當我的主角當好幾年吧，否則應該早就厭倦或破滅了。

這次也是，有十足可能演變成霞身敗名裂的發展，這當中還包括如同字面意思一樣，有喪命的可能性。

但實際上他只是受了一點小傷而已，就連痕跡都沒留下的輕傷。說真的，到底是怎麼回事啊？

哈哈，真讓人興味盎然呢。

「啊？」

你聲音很低沉喔，霞。他這樣並非感到煩躁，只是在催促對方說下去而已，也難怪會引人誤會。如果是不習慣他這種態度的人，或許會感到害怕，但事到如今我是不會產生誤解的。

「百目鬼同學。」

「啊？雲母怎麼了嗎？」

「這樣就好了嗎？」

「哪有什麼好不好的，這就跟平常一樣吧。」

這下沒救了，這邊似乎真的就是結局了。

那之後霞跟雲母就沒有再碰見了。畢竟大學校園很廣闊，科系又不同的話，也很少有機會見面。以前會經常看到是因為雲母執著於霞，既然雲母已經沒有那種執著，自然會變這樣吧。而且霞還會避開雲母，就更不用說了。

我姑且還是若無其事地觀察兩人的狀況，但沒看到什麼故事的預兆。

寒假結束後到春假開始前的兩、三個星期，雲母平靜地過著大學生活，彷彿那瘋狂的模樣是假的，霞在表面上也一如往常。

真是的，這樣我簡直像個小丑嘛。

「喂，你手機在響喔。」

「我知道啦～」

立場跟以前反過來。雖然這種大失所望感讓我有些慵懶，就我的角色來說，必須極力避免無視才行。

我一邊將倦怠感跟飲料一起喝下肚子裡，一邊打開手機。

「噗、唔！」

「喂，你怎麼啦？」

我拚命忍住差點噴出來的飲料。雖然霞難得慌張起來，但現在可沒空管這個。

這可是個晴天霹靂的大消息啊。

「聽說百目鬼同學提出了休學申請書耶！」

「…………什、什麼？」

——愈來愈有趣了。看來還有收場戲啊。

【霞】

雲母她……休學……？

我不禁跟在眼前驚訝不已的智也面面相覷。

簡、簡直莫名其妙……

我一言不發地催促智也說下去，但看來智也好像也陷入混亂，他平常的敏銳完全沒有發揮作用。

「喂，智也，然後咧？為什麼雲母會休學啊？」

「呃，不，我也不曉得理由啊。我問問看，你等等。」

智也開始高速滑起手機。他大概是看到可能有線索的人就順手問一下吧。這傢伙的人脈非常廣，甚至我都覺得有點奇怪了。

我猶豫了一下，打電話給雲母。

……打不通。哎，她不可能接電話嗎？

「智也，你試著直接問雲母如何？」

「可是百目鬼同學好像不會看手機。」

「嘖！」

真沒辦法，我也來收集情報好了……不，仔細一想，幾乎沒有人認識雲母吧，就算有也只是透過我才知道雲母的長相吧。這樣不行啊，只能等智也的報告了。

……………嘖。我感到著急，煩躁。

像要找事情做似的點燃香菸，將菸一口氣吸進肺部，然後大口地吐了出來。

差點陷入混亂的腦袋冷靜下來。

冷靜點。說起來，我跟雲母之間已經沒有任何關係了，一切早就結束了。所以就算雲母休學也無關緊要，我根本沒必要在意。

「嘖！」

要自己別去在意。但我知道在我要自己別在意的時候，就表示我已經很在意了。

很清楚這樣一點都不像我。

跟雲母的關係已經結束了，像平常那樣隨便找了些藉口哄騙她，讓事情圓滿收場。只要這麼看開就行了。

照理說我明明知道，卻沒辦法這麼做。

「可惡！」

「霞？」

智也一臉疑惑地抬頭仰望從座位上站起來的我。

「抱歉。我先走了。」

「咦咦！等——」

我飛奔而出。

智也大吃一驚，雖然感到困惑，但還是笑了。既然如此，一定這樣就行了。

看不開的事情就是看不開。這也沒辦法，在那邊嘀咕煩惱也只是浪費時間。

所以我決定朝其他方向看開。

既然要煩惱，直接去拜訪她就行了。那樣感覺要舒服多了。

而且我有一種不祥的預感。

「搞不好又會被監禁起來啊。」

我隨口說著無聊的玩笑，不會感到猶豫不決，這種時候我很慶幸自己異於常人。

話說回來，究竟發生了什麼事？

思考在空轉，覺得自己跑好慢。別看我這樣，明明有學年頂尖水準的速度才對啊。

我也開始喘不過氣。可惡！是因為抽菸嗎？我太怠惰了嗎？

我攔了一輛計程車，搭乘上去。

幸好我知道住址。

「嘖！」

我按了對講機，但沒人回應。我確認房屋外觀，雲母房間的窗戶拉上了窗簾。

「她不在家嗎……？」

猶豫了一會兒後，我做出決定。

我要用備份鑰匙。

現在分秒必爭，我順從那樣的直覺。

沒能把備份鑰匙還給她，不知該說好事還壞事。這種狀況要是走錯一步，可能會構成侵入住宅罪。我從喉嚨發出咯咯的乾笑聲。

真是的，我到底在做什麼啊？

我打開大門進入玄關。鞋子還在，但雲母不可能只有一雙鞋子，也不清楚她究竟有哪些鞋子。

「雲母。」

無人回應我的呼喚，也沒有任何聲響。她果然不在家嗎？

我在感受不到人類氣息的房間裡前進著。

跟那天截然不同，沒有絲線也沒有蜘蛛，也沒有紅色眼球飄浮在半空中。

是跟以前一樣的空間，讓人彷彿產生錯覺，那天的事情只是場惡夢般。

「呼！」

我呼了口氣吹散那種無聊的妄想。

那無庸置疑是現實，我絕對不會逃避。

「這是……？」

我立刻發現了那個。

桌上放著一封信，收件人寫著「給霞同學」，是給我的信。

她早就猜到我會使用備份鑰匙嗎？

「那種事根本無關緊要啊。」

我撕開信封，在打開之前，就知道內容一定沒好事了。

『對不起。

再這樣下去，好像會給霞同學添麻煩。

但就算發生了那麼多事情，我好像還是不想被霞同學討厭。

我也覺得自己好像傻瓜。

所以，永別了，霞同學。

我一直一直深愛著你。

雖然只有僅僅幾個月，這段回憶仍然是我重要的寶物。

請你忘了我。

我會從遠方祈禱霞同學能夠過著不會無聊的人生。

百目鬼雲母』

「這什麼意思啊，喂……」

信件內容比我預想得要簡短許多。還以為她會寫出所有內情，想不到居然連線索都沒有，這樣根本什麼都不知道。

「冷靜點，冷靜下來仔細調查吧。」

從這篇文章中能看出什麼？

倘若按照字面意思去理解，就是雲母覺得會給我添麻煩，所以提出了休學申請書。在這邊就覺得不知所云了，為什麼怕給我添麻煩就要休學啊？就算會給別人添麻煩，有必要讓自己承受這麼大的損失嗎？

但這些事不重要。即使是我無法理解的理由，雲母也會採取那樣的行動，就只是這樣罷了。現在去注意彼此有分歧的地方沒有意義，也沒那個時間。

必要的是所謂「麻煩」的詳情，但信上沒有寫到，所以只能自己推測。

關鍵字是「不想被討厭」。

所謂的麻煩，也就是會有損失。要是雲母照現在這樣繼續來大學上課，我好像會有損失，至少雲母是那麼相信的。然後那是只要雲母休學跟我保持距離，就能解決的內容吧。所以「不想被我討厭」的雲母選擇了休學。

……這什麼意思啊？我什麼都想不到。

再說我根本不會把一點小麻煩放在心上。讓我明確地感受到麻煩的狀況，大概就是她在眾人面前把手作便當交給我那時吧？因為只有那種狀況無法視若無睹，敷衍帶過嘛。

不，不對。不是這樣。換個角度看吧。這終究是「如果是雲母會那麼認為」的事情。如果是雲母……就算是沒什麼大不了的事情，感覺她也認為會被我討厭啊。這次反倒是有太多可能性，我不知道是哪個了。

「可惡！」

之後就只是一直在寫她對我的愛，感覺無法當成提示。

束手無策了嗎？…………不，還沒完。

「『不會無聊的人生』。」

雲母不會說出這種話。這肯定是引用那天我告訴她的話。

既然如此，所謂的「麻煩」是那天的我「討厭」的事物嗎？

「……『普通的幸福』。」

我懂了。也就是說，雲母她——

我確信自己推敲出了答案。

＊＊＊

【雲母】

一直要自己不去在意，一直裝作沒發現。但已經到極限了，已經來到沒辦法敷衍過去的階段。

我喜歡的氣味改變了。

還會覺得想睡。

身體狀況不穩定這點就跟平常一樣。

食欲不振是常有的事。

我也很習慣生理期不順了。

——但沒有這麼晚來過。

今天終於忍不住吐了出來。

我心裡有數。

霞同學平常都會確實做好避孕措施。現在的我可以理解那並非顧慮到我的身體，單純只是他不想有多餘的風險而已。

然而監禁霞同學的那段日子，我彷彿玩弄獵物般侵犯他，有確實做好避孕措施嗎？

……一定沒有，記憶十分模糊。

茫然地注視著鮮明地浮現出來的兩條線。

我現在也愛著霞同學，這並非謊言。但是——

不是那個問題。

我要成為母親？我明明不曉得正常的父母是什麼樣子？

不可能，我也無法想像。

證據就是向霞同學述說我的夢想時，關於孩子的部分我無法做出任何具體的描述。

說不定我也會變成無視孩子存在的母親。

我很害怕。光是想到這些，就覺得好像要昏倒了。

說到底，我生得出小孩嗎？明明我連人類都不是？生下來的孩子是人類嗎？

回過神時，發現自己用顫抖的手心摸著腹部，這完全是無意識的行動。

我是抱著什麼打算這麼做的？

後悔？恐懼？謝罪？懺悔？還是說……？

我就這樣將手貼在腹部上，坐倒在地。

「對不起喔。」

我沒辦法生下來，我無法成為母親，我沒有那個自信。

而且要是周遭人知道我懷了霞同學的孩子，霞同學會有什麼後果？

周遭人看待他的眼光肯定會改變，他說不定會不得不退學。萬一變成那樣，就會破壞霞同學的人生。

那樣一來，霞同學一定會後悔與我相遇。縱然不是那樣，我也搞出了那麼多事情，說不定這次會澈底被討厭、被憎恨。

唯有這種狀況我無法忍受。

啊啊，要是只有我受傷就好了。

「對不起喔……」

我沒有勇氣找霞同學商量。

＊＊＊

【霞】

雲母懷孕了，理解到這件事時，我的焦急達到了顛峰。

我有個疑問。雲母並非普通人，她還是能跟我生孩子嗎？但現在就先對這個疑問睜一隻眼閉一隻眼。詳情等之後再了解就好。

沒時間了，我也知道必須現在立刻採取行動才行。

不過說起來，到底該怎麼做才好？我想怎麼做？

我不知道，沒有設想到這種狀況。

在腦袋即將變得一片空白前，手機通知我有來電。

『啊，喂喂，霞？你總算接電話啦……你現在人在哪？你把皮包和大衣都丟在這裡，這些東西該怎麼辦啊？我先幫你保管嗎？』

「抱歉，智也。情況緊急，幫我一把。」

『啥？』

「我現在就告訴你地址，拜託你來這邊。」

『咦？你怎麼這麼突然？這是什麼發展？』

「拜託你。」

『咦咦……哎，是沒差啦。我會儘快趕過去，你把地點傳給我吧。』

我附上地址，傳送訊息給雖然感到傻眼，還是答應我請求的智也。

暫且轉換了思考後，我也多少能看清自己該做的事情了。

雲母還是一樣不接電話。既然如此，只能直接去抓人了吧。

但就算要那麼做，我也不知道她人在哪裡。

即使我搜索她家想找找看有無線索，也找不到任何跟她現在的所在處可能有關聯的東西。

時間一直無所事事地流逝的感覺，讓焦急的情緒再次湧現出來。

就在這時，對講機響起了。

「你來啦。」

「我來啦。所以是什麼事？你怎麼突然把我叫出來。」

智也似乎很慌張地趕來，他稍微流露出疲憊感，總之我先讓他看雲母的信。

老實說，我有自覺現在缺乏冷靜。所以說不定是我誤會——

「唔哇……」

這傢伙馬上就理解了啊。

就算智也比較擅長這種事情，但我剛才那麼辛苦算什麼啊……

你是笨蛋嗎？智也用視線這麼責備我，我重新面向他那邊。

「抱歉，但這些細節就等之後再說。沒時間了。」

「嗯……說到底，霞你究竟想怎麼做啊？」

「我想知道雲母人在哪。」

「不，我不是說這麼即時的事情。」

「我不知道啦。」

「咦咦……」

「這也難怪吧？我剛剛才得知這件事情喔？我以為要更久之後才會為這種事情煩惱，所以事前的設想不夠充分。不過，唯一可以確定的是就這樣放著不管的話，一切都會變得無法挽回。」

「結果說不定不會改變喔？」

即使事已至此，智也仍然十分冷靜。

連靠自己賺錢都還有問題的兩個小鬼，要把孩子生下來帶大相當困難。既然這樣，根本沒必要慌張地找到她吧？——智也是想這麼說吧。

智也的意見非常合理，甚至還有些冷酷無情。

像這種時候，第三者冷靜的意見有很大的幫助。我本身也認為智也的判斷是正確的。即使如此，我的意見依然不變。

「就算是那樣，這也是我跟雲母應該一起決定的事情。我不想就這樣隨波逐流。」
「哎，這麼說也是啦。好喔。那麼，我該做什麼才好？」
出乎意料地，智也很乾脆地點頭了。
「家裡我大概找過一遍了，但沒有找到任何線索。剩下的就只有這個。」
「電腦啊～密碼是？」
「不知道。我試著隨便輸入幾個想到的密碼，但都失敗了。」
「嗯……」
智也拿出紙筆，寫下英文字母與數字的排列組合。然後他列出幾個符號，一下畫箭頭，一下用圓圈圈住，一下用斜線刪除。我才這麼心想時，只見他確認了一下手機。
「你在幹嘛啊？」
「推測密碼。來，這給你。總之你先試著輸入看看。」
「啥？」
「別管那麼多，動作快。你很急對吧。失敗的話，我再想其他方法。」
我在他催促下面對電腦，半信半疑地從上面依序輸入。
「咦，喂！真的解鎖啦！」
「啊，太好了。」
他的反應太平淡了吧？

「你怎麼辦到的啊……」

「嗯～算直覺吧？」

「居然是憑直覺，你……」

「我只是從帳戶的ＩＤ或網址等地方預想百目鬼同學偏好使用的密碼，然後推測她可能會用的靈感來源而已喔。百目鬼同學很單純，真是幫了大忙。」

雖然他說得一派輕鬆，但他知道這是多厲害的事情嗎？

他這人還是一樣在出乎意料的地方具備不合常理的能力。

「哎呀～話說回來，她真的很愛霞呢～」

「啊？」

「因為這些密碼只是把霞的名字和生日換個排列組合而已喔。」

…………真的耶。

「反正霞你八成是從1qaz2wsx開始嘗試對吧？」

他說中了。我從使用頻率比較高的組合依序嘗試幾個後，立刻把這件事往後延了。

「哎，就算失敗，也還有很多方法，像是確認路由器的紀錄之類的。既然你都在這裡泡到有備份鑰匙了，應該也會借用她家的ＷｉＦｉ吧？那你應該知道ＷｉＦｉ的密碼吧？」

「啊。」

對喔，還有這一招。

「霞，我覺得你再冷靜一點會比較好喔？」

他放在我肩膀上的手真煩人。就算不確認，我也知道智也現在露出什麼表情。

為了不繼續被他揶揄，我進行深呼吸，努力冷靜下來，專心地回溯網頁紀錄。

「都是婦產科啊。」

「我想也是，是哪間婦產科？」

「不知道。她搜尋的數量太多了，而且好像沒有特別預約哪一間。」

「既然這樣，就只能一間一間地找了呢。」

「不，等等。雖然不知道原因，但她到處在找房子啊。這是為什麼？」

「既然她都休學，還說了『永別』、『從遠方祈禱』這樣的話，應該是打算澈底離開霞吧？而且你還有這裡的備份鑰匙。」

「為什麼會變這樣啊……」

也因此要確認的地方變成了龐大的數量。

「先列出清單弄成地圖吧。」

「說得也是，但這些地方靠我們兩人跑得完嗎？」

「先猜測機率比較高的地方，優先順序是？」

「她在找的房子跟附近有婦產科的地方，而且搜尋次數有好幾次的場所。調查目標比較密集之處，然後是距離霞的行動範圍比較遠的地方吧。」

「幸好她不是把遠離我這點擺第一啊，不然差點就得跑去北海道跟沖繩了。」

「她應該不至於這麼有勇無謀吧，雖然前提是我沒猜錯的話啦。我們共享一下資訊吧。嗯，這樣應該就有辦法跑完了。怎麼辦，要以策萬全嗎？」

「萬全？」

「就是用人海戰術。畢竟現在是春假，我想應該能召集到不少人喔？」

「…………不，還是算了。那就先當成最終手段吧。」

「是哦～」

「怎樣啦？」

「不，沒什麼？」

「嘖！」

他露出令人火大的笑容。我的內心大概被他看透了吧。

因為我現在的確是做出了以雲母的意思為優先的判斷。

如果只是我自己的事情，不管被誰知道都無所謂，就算要欠下人情債，我應該也會訴諸人海戰術。

「先回去一趟吧，開車找比較快。」

搭乘大眾交通工具的話行動沒那麼方便。既然這樣，不如自己開車找比較快。

「哎呀～話說回來，霞的人生就像漫畫主角一樣呢。」

「哈！漫畫主角會這麼老土地親自出馬到處找人嗎？」

＊＊＊

「找到了呢。」

「智也，車子就交給你了。」

「是、是。你慢走，我會隨便找個地方觀賞的。」

「別看啦，笨蛋。」

我衝出車子跑了起來。

不斷向前奔跑。

從背後抓住那纖瘦的肩膀。

「霞……同學……？」

雲母驚嚇地抽動了一下肩膀，接著緩緩面向後方，在視野中捕捉到我的身影。她的雙眼驚訝得瞠大。

「呼……呼……呼…………雲母。」

就連喘不過氣都讓我感到煩躁。

「為……什麼？」

「誰教妳……呼……擅自……逃跑了。」

「我不是那個意思——」

「我看過那封信了……妳還沒動手術吧？」

雲母的眼眸明顯地動搖起來。

「……為什麼？」

「我為什麼知道嗎？…………是直覺。」

本想說明，但覺得太麻煩，就省略了細節。

「那什麼意思啊。」

「不然就當作是愛的力量吧。」

我說了這無聊的玩笑後，雲母的表情扭曲起來。我失言了。對雲母而言，這好像一點都不無聊嗎？

「雲母，我們談談吧。」

我像要轉換心情似的深深吐了口氣，接著這麼開口說道。

「要談什麼？」

「只有一件事吧？」

很想抽菸，但我還是沒有點火。

「妳動手術了嗎？」

我簡單扼要地詢問，沒那個餘力修飾用詞了。

「…………我本來想動手術的。」

「這樣啊。」

看來似乎趕上了。

「雖然那麼想……但我還是辦不到。因為——」

淚水打濕雲母的眼眸，接著滑過臉頰。

「因為這是霞同學的孩子啊。」

那又怎麼樣？——如果是以前，我肯定會不屑地發出嘲笑吧。現在的我能否稍微理解那番話的意義與重量呢？

「可是，我好怕。」

雲母低下頭，她的肩膀在顫抖。

「因為我不曉得母親是怎樣的存在，不知道成為母親是怎麼一回事……而且我是個連人類都不是的怪物，生下來的孩子也不曉得是不是人類。」

我一定無法貼近雲母的心情，對她背負的不安產生共鳴。即使如此，我認為還是有話非說不可。

「直截了當地說，這次的事件會很辛苦的不是我，而是雲母妳。這會對妳的人生造成巨大的影響，相比之下，我要扛的負擔少很多。所以我打算尊重妳的意思……不，這種說法有些卑鄙嗎？」

說了之後才發現，這樣就跟把責任都丟給雲母沒兩樣。我做好覺悟，吸了口氣。

「在這個前提下，希望妳聽聽我的意見。」

雲母抬起頭來，筆直地看著我的眼睛。

「我覺得妳要生也無妨……不，不對啊。我希望妳可以生下來。」

說出口之後，感覺內心好像豁然開朗了。看到雲母驚訝得瞠大雙眼，我不禁差點笑了出來。

「咯咯，有這麼意外嗎？」

「因為我以為你會叫我不准生……」

她這麼想很正常吧。那時我明確地說了我不需要孩子。但是……

「我大概是不想變成像我父母那樣的人吧。」

真沒出息，感覺羞愧到滿臉通紅了。明明誇口說自己根本不在意父母，實際上卻一直意識到父母的存在。

但現在像這樣面對自己的不成熟，讓我感覺神清氣爽。

「這麼說可能不太好，但我也沒有自信能成為妳說的那種偉大的父母。從那天我告訴妳實話之後，這點一直沒變。不過，我也這麼心想。一定不是只有我會這樣吧。」

「……這話什麼意思呢？」

「就是不管是誰，都不是打從一開始就是偉大的父母。我說得沒錯吧？從一開始就什麼都會的人可不常見。如果沒那麼偉大就不能為人父母，這世上就只剩下一小部分的人能當父母。人類滅亡指日可待啊。」

沒錯。雖然大部分事情我都能比別人更快上手，但無論哪件事，都不是打從一開始就會的。這當中必然會有不成熟的時期。

「反過來說，我們也有可能變成偉大的父母啊。這件事還沒有任何人知道結果，要試試看才知道。」

我這番話一定是全世界最不負責任的話吧。

一定會有人氣憤地認為開什麼玩笑，我把父母和孩子當成什麼了。

然後咧？所以說？

為什麼需要聽不會對我的人生帶來任何恩惠的人指手畫腳？有人會去在意路邊的每一顆小石頭嗎？基本上都是無視，覺得擋路的話就一腳踢開而已吧。

現在最重要的是我怎麼想，還有雲母怎麼想。

我跟雲母的想法難得一致，如果雲母說她害怕踏上那條路，就由不怕的我來開拓道路就行了。僅只如此而已。

「可是，如果試了之後發現不行……」

「到時候再想辦法就行了吧。」

「怎麼可以那樣呢！」

「沒關係啦，不用想得那麼沉重。說不定會生下一個跟我很像，絲毫不在乎父母怎樣的孩子對吧？」

「但如果是像我一樣的孩子，一定會想要父母的愛吧。」

「到時就由雲母妳給他想要的東西就行啦，而且我們應該至少知道什麼事情絕對不能做吧。」

沒錯，我們跟各自的父母不同的地方就是這部分。只要不忘記這件事，一定有辦法的。因為人類就是從失敗中學取教訓的嘛。

「可是，那麼做的話，霞同學的人生會變得亂七八糟，一塌糊塗。」

「哈！我的人生才不會因為這點小事就一塌糊塗。應該說，雲母。我說過了吧？我想要不無聊的人生，至於亂七八糟的人生？很好，我反倒很期待啊。」

「可是——」

「還有，抱歉啊。讓妳一個人煩惱了，我把妳逼得太緊了。」

「不，才不是那樣！霞同學沒有錯！那是霞同學為了讓我忘記你，才那麼做的對吧？你是為了這樣才扮黑臉對吧？要怪的是沒有勇氣找霞同學商量的我！」

「是啊。」

「咦？」

我很乾脆地表示肯定，雲母驚訝得瞠大眼睛，看起來有些滑稽。

「雲母，妳把我理想化過頭了。我沒有妳想像中那麼纖細，也不會一一在意一些小事。如果妳會因為怕被討厭，擅自鑽牛角尖並失控的話，寧可妳直截了當地跟我說。」

哎，我說真的。但我知道這對雲母而言是很困難的事。

「總覺得之前好像也說過這種話。妳聽好嘍？就算對當事者而言是非常嚴重且獨一無二的煩惱，但在這世上到處都有類似的狀況啦。」

「那是……」

「我果然跟妳說過嗎？哎，如果是平常，我會叫妳先上網搜尋，看是要找出類似的傢伙互舔傷口，或是找出解決方法試著實踐，都隨妳高興。但我不會再對妳這麼說了。首先找我商量吧，我知道這對妳來說很困難。就算這樣，還是要照辦。相對地，之後的事情就由我來想辦法解決。」

「……那麼，我可以說嗎？」

「什麼事？說來聽聽。」

「我不是人類，是怪物。這樣的我生下來的孩子真的是人類嗎？」

她突然提出很難回答的問題啊。

但這樣也好，這也是無法避免的部分。

「怎麼，居然是這種事啊。很簡單，我只有那麼一次認為妳是無法理解的怪物。」

我毫不在乎雲母扭曲起來的表情，接著說道：

「就是妳向我述說戀愛對妳而言是怎麼一回事的時候。除了那次以外，我從未覺得妳是怪物。」

「咦……？」

雲母驚訝得目瞪口呆。

「那時也稍微提到了，我們明明看著同樣的東西，看法卻相差很多。當時覺得自己好像在跟外星人說話喔？」

「不，我不是那個意思！你看到了吧？看到我那時的身影！」

「嗯？對啊，我看到了。」

「那你應該知道吧？我不是人類！」

「啥？妳在說什麼啊？我說啊，目前人類還沒有被確認有雜交種，一般的定論是人類只能跟人類生出孩子。也就是說，在懷上孩子的時候，妳就是人類沒錯啦。」

這詭辯非常牽強。就算這樣，我仍然堅持這種主張。

「再說啊，會像這樣煩惱的生物，不是人類還能是什麼？」

實際上我並不清楚。姑且以無法說是根據的曖昧假說為基礎，預估不會遺傳，但我也認為這種看法可能會被輕易推翻。

但應該不會明確地以怪物的模樣誕生吧，至少有充分的可能性可以賭一把。這點從雲母像這樣平安誕生一事也能明白。

「如果妳不覺得自己是人類，那也沒辦法。畢竟我也不覺得自己是個正經的人嘛，但我認為妳是人類。這沒啥啦，我們意見一致的情況還比較稀奇呢。這是家常便飯了吧。」

「…………真的這樣就行了嗎？」

「對。」

「我是個人渣，會隱瞞自己不是普通人這件事喔？」

「這點是彼此彼此吧。再說不管哪個人，都有人渣的部分啦。」

我這麼說並不屑地哼笑一聲，於是雲母雖然無力，但也確實浮現了笑容。

「我們結婚吧，雲母。」

「…………………」

「雲母？」

她不回答我就傷腦筋了耶。不知為何，雲母只是翻白眼瞪著我看，沒有回答。

「喂，雲母？」

「霞同學喜歡我嗎？」

「……啥？」

「我還沒有聽你對我說過任何一次喜歡！」

「啊……好像是那樣？」

這麼說來，我好像沒說過啊。

「怎麼樣呢？」

「啊……要我現在在這邊說嗎？」

「你……你說我可以直截了當地說。霞同學，你剛才說我可以這麼做的對吧？」

「唔，那當然——」

雲母在顫抖。我察覺到這點的瞬間，便說不出話來了。有必要的話，照理說要講幾次都沒問題的那句話卡在喉嚨。我對這樣的自己感到困惑，只不過我覺得不能說謊。

「……老實說，我不知道。但至少我認為不是戀愛的感情。」

我無法直視雲母動搖的眼眸，不自覺地移開視線。

「之前也稍微提到過，戀愛對我而言是遊戲。但我現在對妳抱持的感情跟以往那些遊戲好像有些不同……這樣不行嗎？」

講著講著都覺得自己很沒出息。

唯一可以確定的是並非戀愛（遊戲），我不會為了那種東西容許結婚（束縛）。

但我並沒有可以確切形容那種感情的話語。

「唉……真拿你沒辦法，既然你都這麼說了，現在就原諒你吧。」

雲母露骨地對我嘆了口氣，但感覺她的臉頰有些泛紅。為什麼啊？為什麼我暴露出無能的一面，她卻臉紅了？

「是喔。」

「嗯，是啊。」

我仰望著寒冷的天空，心想這結局還真沒緊張感啊。

＊＊＊

【智也】

「唉……這樣可以了嗎？」

霞一臉疲憊地嘆了口氣。

現在正好剛聽完霞跟雲母的故事。

我露出意味深長的笑容，於是霞別過臉去。

「沒想到你居然會這樣打破沙鍋問到底。」

「是你說詳情等之後再說的吧？我只是在領取正當的報酬。」

雖然實際上我也直接現場觀賞了最後的求婚篇啦。

感想？偶爾有這種故事也不錯吧。話說回來，他們兩人的心臟還真大顆呢，竟然敢在路邊大肆告白。

「話說智也你後來上哪去啦？我回車上時沒有任何人在，本來要去找你喔？結果就收到你傳來訊息，說你先回去了。」

「哎呀～要跟那之後的霞與百目鬼同學……不對，是跟雲母同學搭同一輛車回去，也太尷尬了吧，不管是誰都會離席吧。」

「……哎，這麼說也是啦。」

再說我應該擺出什麼樣的表情搭車才好啊？像是由我來開車，請他們兩人到後座？哎呀～那太難受了。

「你們會舉辦婚禮嗎？」

「還沒決定啊。無論要不要舉辦，都得先等雲母穩定下來才行，應該也來不及在她生產前舉辦吧。等她生完後……哎，要等到時候才知道吧。」

「畢竟要花不少錢，的確是那樣啊。那戶籍呢？」

「那也還沒辦。對了，關於這件事，有一件事要拜託你。」

「咦？什麼事？」

「你可以當證人嗎？」

「……我嗎？」

居然偏偏找上我。以結果來說，或許我的確是達成了邱比特的任務。但為了讓自己

從中作樂，把事情搞得這麼複雜的人肯定也是我。

由這樣的我來當證人？

不錯呢。這樣感覺十分諷刺，非常棒。

「畢竟雲母沒有父母，我家也是那個，你知道的吧？」

「啊，啊……說得也是。好啊，我知道了，記得只要簽名就行了？」

「對……來，就是這邊，麻煩你在這邊簽名。」

「……你隨身攜帶結婚書約嗎？」

「我想說今天跟你見面時，可以順便拜託你這件事。」

「霞，這種事拜託你先說一聲啦……我現在只有帶便宜的印章耶。」

「沒關係吧。」

「你當然不會在意啦，還有一個證人要怎麼辦？」

「我再隨便找個人拜託。」

霞肯定只當成是因為有必要才提出的文件，但雲母是怎麼想的呢？不過事到如今，也不是我該在意的事情吧。

「這麼說來，結果你們決定大學怎麼辦？」

「總之只能休學了吧。之後再僱人幫忙照顧生活起居，或是乾脆退學。不管要怎麼做，都由雲母來決定，怎樣選擇我都沒差。」

「不，我不是在說雲母同學，我是在問你要怎麼辦？」

「我？當然會照常上課，然後畢業啊。說到底，我退學根本沒有意義。而且念到大學畢業，找工作什麼的也會比較有利嘛。」

「金錢方面沒問題嗎？」

「總之會先靠雲母爸媽的遺產來生活，應該說雲母好像從一開始就這麼打算。」

「霞你不出錢嗎？」

「對，畢竟在我畢業然後開始工作前，也賺不到多少收入吧。」

那樣的確是最合理的做法，但那樣不就等於是靠雲母的資產在吃軟飯嗎？霞的家裡明明也很有錢。而且他雖然說得若無其事，但這表示他打算把生產育兒那些事情都推給雲母吧？嗯～真是人渣。

「這麼說來，智也。你從一開始就知道會變成這樣了嗎？」

「咦？怎麼這麼問？」

「呃，因為現在重新跟你說明這些事情後，突然有點好奇。」

「雖然很想說怎麼可能，不過我大致上是猜到了啦。」

「果然嗎？哎，如果是懷孕初期，就算要動手術也不會花上多少時間嘛。雲母根本沒必要休學，更何況還是春假。她更沒有理由休學。也就是說雲母那時已經打算要生下來，所以我也沒必要著急地到處找她。」

「姑且不論你有沒有自覺，在你也感到著急的時候，就表示你打算讓她生下來了。既然你們兩人都打算生，結果就顯而易見了吧？」

「嘖！」

「哈哈哈！所以我不是說了嗎？結果不會改變，冷靜一點比較好。」

霞露出苦澀的表情。

哎呀～真不錯呢，霞這種懊悔的表情可不常見喔。

「不過，那個霞居然還是學生就結婚了嗎～」

「別露出那麼意外的表情啦……哎，但我也沒想到會變成這樣就是了。」

「要是你那麼想過，我才會嚇一跳呢。」

那番話並非謊言吧。只不過正因如此，霞做出的選擇才讓我有種突兀感。

霞討厭無聊，同樣也討厭束縛。

無聊的部分我還能理解。簡單來說，就是霞已經厭倦戀愛這種遊戲了，然後結婚這個未知的體驗吸引了他。更正確地說，是孩子的存在以及雲母這個非人類的存在勾起了他的興趣。

但這不會是他可以容許結婚這種束縛的理由。

因為霞還有其他選項。可以得到孩子與雲母，又不會被束縛的選項。

明明如此，霞卻特地主動接受了那種束縛。

這是為什麼？我已經察覺到疑似答案的原因了。應該說看到那沒出息的求婚場面還沒發現的人才有問題吧。但我不明白變成那樣的理由。不，是有個假設。雖然有，但假如我那種也不能說是推測，彷彿妄想一般愚蠢至極的假設是正確的話。

「欸，霞。」

「怎樣啦？」

我有些猶豫，仍無法壓抑住好奇心，決定跟他對答案。

「你能喜歡上雲母了嗎？」

「………」

看到陷入沉默的霞，我獲得了確信。

「老實說，我不知道，但也不覺得可以拋棄她。」

令人驚訝的是，霞依舊是霞，無論是判斷標準或支持那種標準的價值觀都沒有絲毫改變，但他似乎在這種狀態下展現出變化了。不，更正確來說，應該說是發掘嗎？人要替自己的感情命名時會以身邊的人為借鏡。那麼，假如那面鏡子是歪斜的？真是的，這就是所謂愛的奇蹟嗎？還真會讓編劇傷腦筋呢，就是這樣我才無法停止看戲。

「真是夠了，聽別人聊戀愛話題有趣嗎？」

「那還用說。」

當然有趣了。

因為演員是天才啊。

人渣是才能，而且跟其他領域不同，努力完全不管用，是靠才能突破的世界。

因為人渣跟努力是恰好相反的概念。想努力成為人渣的時候，那個人就已經不是人渣了。

缺乏顧慮他人眼光的概念，在無意識中極度自負，為了偷懶動歪腦筋。

這就是人渣。

所謂在意他人的眼光，是一種試圖相對性地測量自己在團體中的行為。但這點無法套用在把自己視為絕對至尊的人渣身上。假如人渣會在意別人眼光，那僅限於害怕自我的價值會在自己內心受到損傷時。

因為過於自負，所以不會懷疑自己，不會對將來感到不安，毫無根據地相信只有自己一定沒問題。

人渣的腦筋動得很快。因為笨蛋會被淘汰，這個社會沒有天真到可以讓能力不高又不會自省，且被團體排擠的人倖存下來。所以經年累月下來，自然只會剩下頭腦聰明的人渣。

像這樣來看就能明白，霞是人渣中的天才。在所有項目中都符合高水準，簡單易懂的人渣。

由不折不扣的天才帶來的精湛演出。

這怎麼可能不有趣。

另一方面，也很遺憾地得知了雲母在這個定義中不能說是人渣。

她會在意別人的眼光，對將來感到不安，腦袋不靈光。

但希望各位放心，雲母也無庸置疑地是人渣。

追根究底來說，人渣的定義實在過於曖昧。包括廣義的意義在內，必然會出現多種解釋，最終甚至可以說人渣的含意會因人而異。

所以說結果人渣只是個標籤，用來貼在自己討厭的事物上。然後也因此轉變成可以抨擊某人、鄙視某人，認定某人是好用沙包的標籤。無論是誰都想發洩壓力，也想沉浸在優越感當中。

在這個基礎上，有個大多數人都會表示贊同的人渣要素之一，叫做「自我中心」。

缺乏顧慮他人眼光的概念，在無意識中極度自負，為了偷懶動歪腦筋。

這無疑是自我中心的人類特徵。

然後雲母也十分完美地符合所謂的自我中心這點。

雲母會對他人感興趣，也能與他人有共鳴，但欠缺推測他人思考和感情的能力。

簡單來說，就是那種以「如果是自己會怎麼想」為基準在思考的類型。

這種類型的人善於理解跟自己相似的人的心情，所以在同溫層裡的交流不太會發生

問題，但無法理解在同溫層以外，無論好壞都脫離常軌的人。

所以會憑著「如果是自己會這麼覺得、這麼認為」這種自我中心的偏見在行動。

話說回來。

這種類型的人就是在小學裡學過的「己所不欲，勿施於人」這句話本身。我們理所當然似的學到這句話，從這點也可以得知這種類型的人是最多的。不然教導學生「己所不欲，勿施於人」這句話就沒有意義了。因為有許多人都討厭類似的東西，這個教導才能成立。

——開玩笑的，如果採用這樣的敘述方式，向我女友講述這次的劇目時，是否能贏她一次呢？

「一般應該會對雲母跟別人有點不同的地方產生興趣吧？」

「姑且不論到監禁為止的事情，後面那部分不管怎麼想都是捏造的吧。」

「但我沒說謊就是了。」

霞咯咯地笑了。

嗯，實在太令人震驚了。包括雲母非人類的事情在內，霞居然連他被監禁時的事情都一五一十地告訴我了。哎，他大概是認為我不會相信吧，但我原本以為那部分他會蒙混過去，所以大吃一驚呢。

只不過託他的福，我想知道的事情大致都知道了。

從我得知非人類存在後算起，已經過了大約五年，我也知道了很多事情。

例如擁有變成非人類之力的人，都跟我女友一樣患有心病。

雲母的情況是起因於家庭環境吧。沒有任何人回頭關心她的狀況將她逼入絕境，讓她變成非人類的力量開花結果。然後我為了滿足自己的興趣嗜好，順便以至今獲得的知識為基礎，做了個實驗。

結果就如各位所見。

她們內心的裂痕愈多，存在方式就會愈偏離人類。一開始是變得能夠使用簡單的異常能力，然後那種能力會漸漸強大化，最終不受控制，最後還會捨棄掉人類的模樣，但根據契機也能變回人類的模樣。

我成功地證實了這點。

所以就這層意義來說，這次的劇目是有意義的。

只不過最關鍵的劇情又如何呢？

我不會說這齣戲很無聊。然而擺明是人渣的天才，與擁有非人類這種變化球、還算可以的人渣——作為由這兩人描繪出來的愛情劇，有些不夠精彩。

跟我想像中的不同，但要說這結局有趣也不對，是個難以言喻的微妙結局。所以我的感想只有一句話。

怎麼就這樣啊。

後記

聽說藍色粉蝶花有「神清氣爽」這樣的花語。不曉得閱讀了本書的各位讀者，是否也能感到神清氣爽呢？

不可能感到神清氣爽吧。我想應該是沒有這樣的讀者，但假如您能感到神清氣爽，表示您很有天賦。至於是哪方面的天賦，我就不多言了。

各位讀者幸會。我是本次負責執筆《人渣》小說版的五月什一。正當我事不關己似的想著最近很多樂曲都會改編成小說呢，以前好像也流行過這樣的風潮呢，結果因為要找能寫出人渣的作家，我就被選中了。有些擔心編輯部對我的人物評價，我可不是人渣喔。

先不開玩笑了，本書是以なきそ老師的同名樂曲為原作改編而成的小說。收到企畫的提議後，我接觸原曲，浮現了一個想法，就是這首樂曲可以有很廣泛的解釋。再加上負責原作與監修的なきそ老師指定女主角是非人類等幾項條件，最後完成的就是本書。

雖然本身是第一次參加小說化企畫，但自由到忍不住心想真的可以這麼自由地寫下去嗎？同時面帶訕笑地寫完了這本書。實在令人感激不已，因為這類故事一般在提出企

畫時就不會通過吧。

我知道一定會有讀者對樂曲的解釋跟我不同，請珍惜您本身的解釋。我本身絲毫不打算強迫讀者接受這才是唯一的解答，希望各位讀者可以抱著「也有這種觀點呢」的心情來閱讀就好。

還有從後記開始閱讀的讀者，此刻在您腦海中響起的警鈴一定是正確的。請您就這樣直接進入本篇，本書的推薦閱讀方式就是像看戲一般保持客觀的角度。

那麼，接著請容我進入謝詞。

なきそ老師，真的非常感謝您將重要的作品交給我執筆，希望這部作品有符合您的期待。

鮫島ぬりえ老師，謝謝您出色的插圖。

在此由衷地感謝責任編輯大人以及ＭＦ文庫Ｊ編輯部的各位，還有所有替出版、販售本書竭盡心力的相關人士。

最後要對購買本書的各位讀者致上最深的感謝。

那麼，希望將來有機會與大家再見。

五月什一

國家圖書館出版品預行編目資料

人渣 / なきそ原作 ; 五月什一作 ; 一杞譯. -- 初版. -- 臺北市 : 臺灣角川股份有限公司, 2024.05
面 ;　公分. -- (Kadokawa fantastic novels)
譯自 : ド屑
ISBN 978-626-378-940-1(平裝)

861.57　　113003138

Kadokawa
Fantastic
Novels

人渣

（原著名：ド屑）

2024年5月27日　初版第1刷發行

作者：五月什一
原作／監修：なきそ
插畫：鮫島ぬりえ
譯者：一杞

發行人：台灣角川股份有限公司
總監：呂慧君
總編輯：蔡佩芬
主編：林秀儒
設計指導：陳晞叡
美術設計：宋芳茹
印務：李明修（主任）、張加恩（主任）、張凱棋

發行所：台灣角川股份有限公司
地址：104台北市中山區松江路223號3樓
電話：（02）2515-3000
傳真：（02）2515-0033
網址：www.kadokawa.com.tw
劃撥帳戶：台灣角川股份有限公司
劃撥帳號：19487412
法律顧問：有澤法律事務所
製版：尚騰印刷事業有限公司
ISBN：978-626-378-940-1